Du même auteur :

LE FESTIN DES LANTERNES, roman
BoD Edition, novembre 2018
LE VIEUX PRESSOIR, roman
BoD Edition, mai 2019

En poésie :

EAUX DE GAMME, Le Temps Parallèle
Editions, 1983 (disponible en livre numérique,
aux formats pdf et e-book)
EN PIERRE D'ACHEVEMENT, Collec-
tion Polder de la revue « Décharge », 1982
(épuisé ; remarqué par le jury du prix Charles
VILDRAC de la Société des Gens de Lettres -
SGDL)
CHEMINS SANS RIDELLES,
Editions L'Espavantau, 1979 (épuisé)
FLAQUES DECHIREES, Editions Les
Paragraphes Littéraires de Paris, 1978 (épuisé)

CAPITAINE AU CŒUR D'OR

Alain ARNAUD

CAPITAINE AU CŒUR D'OR

ROMAN

Photo de couverture :
Maryvonne ARNAUD

Edition : BoD - Books on Demand
12/14 rond-point des Champs Elysées
75008 Paris
Imprimé par BoD - Books on Demand,
Norderstedt, Allemagne
ISBN : 9 782322 237777
Dépôt légal : Juillet 2020

La rêverie est le clair de lune
de la pensée.
Jules Renard
Ecrivain, dramaturge 1864 - 1910

Les passionnés soulèvent le monde
et les sceptiques le laissent tomber.
Albert Guinon
Dramaturge 1861 - 1923

1

Le ciel clair est tendu comme une toile ta-
chetée de rares nuages qui semblent posés à la
spatule. Je réalise alors que je suis seul dans le
cimetière de Palais, devant la tombe adossée
au mur en pierres sèches : un modeste rempart contre l'agitation de l'île.

Je m'éloigne d'un pas tranquille, le sourire
aux lèvres. Du regard, j'embrasse ce havre de
repos et de renoncement. Je me prends à rêver
qu'avec toutes ces dalles de marbre dissémi-
nées, on pourrait construire un vaste escalier
jusqu'au ciel et rendre visite aux défunts.

Vêtu d'un pantalon blanc et d'une chemise
bleue, je grimperais allègrement les marches
providentielles, le cœur fleuri de bons sentiments, chargé des nouvelles de la famille et
des amis. Plus bas, quelques cyprès tendent
leur flamme verte avec une prétention de
cierge. Ils éclairent mes pas. Dans les hauteurs, la peinture des nuages est encore
fraîche. Un ange efface les coulures. La voie
est ouverte.

Voilà que dans l'allée, sous le ciel inquisi-
teur et son œil maquillé, un trop plein de pensées déverse sa marée de souvenirs et soulève
le voile d'écume de mon enfance.

À cette idée, mon sourire s'agrandit comme
un tournesol ébloui de soleil, pendant qu'au
loin, derrière le portail ouvert du cimetière, les

gens discutent à voix basse. Les hommes piétinent. Une femme en noir essuie vaguement sur ses joues une buée passagère. C'est ma mère, le visage triste.

À la vibration perceptible des corps, je les imagine impatients de quitter les lieux, de s'ébattre à nouveau parmi les vivants, leur témoignage de compassion accompli.

J'aperçois aussi Yannick, mon frère, mon aîné. Il discute en aparté avec Fortuné, un marin-pêcheur. Ils ont lustré ensemble les mêmes bancs d'école. Fortuné est un sédentaire, un pilier de l'île où il a fondé famille dans la simplicité. Son enthousiasme et sa verve naturelle inspirent l'envie. Il perpétue la tradition familiale de pêche artisanale dans le petit port de Sauzon. Il n'a de cesse de tricoter des bordées le long des côtes. Sa vie est un filet à grosses mailles : il laisse passer les soucis vers le large et ne retient que poissons et crustacés.

J'observe de loin mon frère, grand et brun, l'allure séduisante, le ton cassant, sûr de lui. Sa moustache naissante paraît lui donner encore plus d'assurance. Il fait sa vie sur le continent, loin de la ferme familiale.

Je me souviens des ordres qu'il me donnait alors que nous étions enfants : « Joss, va aider notre père. Moi, je n'ai pas le temps ». Et il s'éloignait sans attendre. J'obéissais car il était plus grand et plus fort que moi. Il savait ce que je devais faire.

Avec mon frère, nous étions de modestes pêcheurs à pied sur les franges de notre île qui prend l'eau par son flanc ouest à la moindre tempête. On ramenait des crabes, des berniques. Parfois des bars, des maquereaux et des vieilles au bout de notre ligne.

Sur le seuil du cimetière, à l'écart des conversations qui planent comme un vol de corneilles, je me tiens en équilibre entre deux mondes, celui des défunts et celui de ceux qui attendent leur tour. Je fais durer mes souvenirs d'adolescent. Je me dis alors que j'ai eu la chance de rencontrer Pierrot, un capitaine au long cours à la retraite, un baroudeur de haute mer, la besace pleine d'aventures singulières.

Avant de finir sa course dans ce cimetière, l'homme avait posé ses malles à quelques centaines de mètres de notre ferme. Pour les îliens de souche, il serait toujours un étranger. Les regards sur Pierrot étaient bardés de méfiance, parfois de mépris. Avec sa haute stature, il circulait entre ces barbelés qui n'écorchaient guère sa détermination. J'étais dans ma treizième année et je ne comprenais rien à ce rejet.

Aussi loin que remontent mes souvenirs, Pierrot restera celui qui m'a ouvert les yeux sur de nouveaux horizons, qui a changé le cours de ma vie et m'a libéré de mes entraves.

J'ai l'impression aujourd'hui, à près de vingt-cinq ans, d'en avoir vécu le double tant il a bousculé le cours de mes saisons. Tel un pirate à l'abordage des sens, il a réveillé tôt mes envies, débusqué mes passions. Il m'a rempli de pensées nouvelles. Et dans le miroir du ciel, je devine l'esquisse de son visage pigmentée de quelques nuages.

Je vois aussi défiler ma courte vie, mes premières années d'adolescence. J'entends encore, comme une oraison, les conseils précieux de l'ami qui navigue désormais sur des mers éternelles.

Fort de ses sept années de plus, Yannick fait depuis toujours la course en tête. Parmi ses camarades, tous plus âgés que moi, je n'avais pas ma place. Je restais à la ferme, je m'occupais auprès des vaches et des cochons, des compagnons à ma portée. Je les nourrissais, les caressais. J'étais leur compagnon de jeu. Je me frottais et me salissais contre eux, et je rentrais à la maison avec leurs odeurs, fier d'être utile à ma façon.

Voici que les convives s'agitent devant le cimetière. Les voix montent. Ils n'attendent plus que moi. Soizic, ma mère, circule déjà entre eux. Je devine le mot d'ordre : rendez-vous au café du village pour une collation.

Ainsi le veut la tradition en Bretagne.

2

À cette époque, Pierrot habite une modeste longère rénovée, sur le haut du vallon. Elle borde le chemin de terre qui jouxte notre propriété puis s'étire vers la côte ouest de l'île. C'est une petite maison en pierres de taille, recouverte d'ardoises.

Sur le toit, une fenêtre éclaire le grenier. Un lierre tend ses bras velus sur la façade latérale jusqu'au faîtage : un rideau de verdure sur le théâtre secret de sa vie. En effet, peu de gens peuvent se vanter de connaître Pierrot, de son vrai nom Pierre Le Foll.

Certains mécréants ou jaloux le nomment Pierrot le fou tant il est différent des îliens. Son passé insaisissable dans la marine marchande intrigue. Il laisse un sillage flou dans les esprits, comme s'il voulait cacher la vérité concernant sa vie et ses actes, peut-être sur des méfaits commis en d'autres lieux.

Ce voisin si particulier, à la taille de géant, toujours coiffé d'une casquette bleu marine usée et à la barbe blanche de corsaire, impressionne et suscite en même temps la curiosité. Son allure de Viking, le front dur, le regard bleu acier et tranchant, tient ses interlocuteurs à distance. Nul n'ose l'interroger sur son passé. Une impression de façade infranchissable s'impose dès le premier abord.

Lorsque que je fais sa connaissance, Pierrot vit seul, déjà installé depuis près d'un an dans sa maisonnette. De loin sa corpulence massive et sa démarche pesante m'effraient. L'ogre solitaire qui vit dans nos parages, un peu à l'écart des autres habitations, n'avait encore agressé personne.

Qu'est-il venu faire sur cette île paisible amarrée à huit milles nautiques au sud de Quiberon, loin de la ville côtière bourgeoise aux relents de thalassothérapie ? On ne lui connaît ni parent ni ami intime. Que cherche-t-il à dissimuler sur cette langue de terre posée au large et muette quand il le faut ? Pour certains, il est venu se faire oublier dans nos vallons encore sauvages, peu fréquentés. Des rumeurs délétères circulent ainsi parmi les résidents et se diluent en partie au cours de l'été, dans l'agitation des touristes. Elles reprennent de plus belle à l'automne, lorsque le silence revient sur les routes et les chemins, dans les villages et les chaumières en manque de conversation.

Les vents du large qui viennent frapper les maisons et chuchoter dans les volets en bois pendant les trois quarts de l'année ajoutent au mystère du capitaine au long cours échoué parmi les îliens de souche, les fermiers sédentaires et pacifiques, toujours sur leurs gardes. À leurs yeux, tout ce qui vient du continent peut être porteur de mauvaise graine et contaminer l'île.

Parfois, on aperçoit Pierrot sur la côte sauvage un bâton à la main, à l'endroit où la falaise plante ses limites à la verticale sur une côte abrupte et aride, scalpée par les vents et les embruns, à vingt minutes de marche de son refuge. Sur cette terre presque chauve, quelques buissons résistent en s'arrimant dans les profondeurs. Pierrot vient se frotter à leur pelage dru, comme un bélier solitaire.

Le capitaine en mal de tempête vient écouter le grondement du vent et des vagues rebelles. Il se tient droit, nargue la nature et ses ruades, planté tel un sémaphore. Il scrute l'horizon assombri. Tandis qu'il se pose ainsi sur le rebord de la terre, ses pensées jettent leur filet au loin, bravent l'océan, peut-être en quête de souvenirs qui dérivent au large, de rêves perdus ou d'un simple divertissement à sa vie trop paisible.

J'appris qu'il était arrivé sur notre île avec une compagne que personne n'avait vraiment connue. Une femme métissée, mal à l'aise et au regard perdu. Il l'avait répudiée deux mois plus tard pour faute grave : en manque de papier toilette, elle avait déchiré les pages d'un livre de la Pléiade : « Les travailleurs de la mer ». Le papier bible, doux et souple au toucher, lui convenait aussi bien à l'usage. Hélas ! Ce fut un crime impardonnable. Elle avait profané l'œuvre d'un monument de la littérature : Victor Hugo, en édition de luxe. Tout comme l'écrivain du dix-neuvième siècle a marqué l'histoire de la littérature, gravée sur un support biblique, ma rencontre avec Pierrot a influencé la mienne, racontée ici sur papier ordinaire : période charnière de mon enfance qui s'éclaircit sous mes yeux d'adulte.

Dans les marges du chemin, sur le flanc de sa maison à l'abri du vent, il a construit un poulailler où Diégo, en coq jaloux et prétentieux, règne sur deux poules. Chacune porte le nom de sa couleur : Blanche et Brune. Pierrot prend soin de ses trois compagnons. Lorsqu'il pousse la porte grillagée pour les nourrir, les poules se frottent à sa jambe et Diégo guette leurs avances, l'air renfrogné et la crête rougeoyante affûtée comme une lame.

L'enceinte du poulailler est bornée sur l'arrière par une haie dense, doublée d'une grille où s'enroulent les lianes noueuses d'une glycine à feuilles caduques. Ses branches vigoureuses en ont déformé les barres dans un bras de fer. À force de patience et d'effort, le bois vivant l'a emporté sur la prétention du fer forgé déjà défiguré par la rouille.

Sur le modeste lopin de terre qui prolonge le poulailler s'étire un jardin potager sans prétention, à peine l'équivalent de quelques fleurs fanées dans le Potager du roi à Versailles. Pierrot n'a pas la main verte, mais plutôt la main épaisse et lourde qui a peu caressé, plus à l'aise sans doute dans le coup de poing ou les baffes, lorsqu'elle avait à faire respecter l'autorité du capitaine.

Un puits dans son armure de pierre clos par une porte en bois délimite le terrain à son extrémité, pareil à la proue d'un navire enlisé à l'orée du bois. Depuis sa cabine aux épaisses parois de pierre, le capitaine au long cours peut rêver d'autres départs et de nouvelles traversées sans larguer les amarres, ni déranger le voisinage.

3

Je n'ai que treize ans et demi lorsque que je le rencontre pour la première fois. Le colosse m'impressionne. On est à la fin juillet. Je reviens à pied de la côte sauvage, d'un pas hardi et satisfait après une bonne pêche. Le soleil ardent de midi plombe le chemin de terre de ses feux et le sable craque sous mes bottes comme du riz trop cuit. Une perdrix grise dérangée au passage traverse brusquement pour disparaître dans les buissons, suivie de sa couvée. Les perdrix aux gloussements juvéniles, encore maladroites, engoncées dans leur duvet tout neuf, courent affolées à découvert. J'imite le jappement du chien pour activer leur fuite et leur apprentissage.

Cette belle journée de vacances scolaires se prête à la pêche aux pouces-pieds sur les rochers balayés par les remous des vagues. Au pied de la falaise, la brise agite mes longs cheveux bruns qui batifolent comme un bouquet d'algues tandis que les embruns me piquent les yeux.

Belle-Île-en-mer est l'un des rares gisements de pouces-pieds, étranges crustacés qui croissent en grappes sur les rochers exposés aux fortes houles. D'autres les nomment « pieds de biche » ou encore « becs rouge », bien qu'ils ressemblent plutôt à des pattes de tortues renversées ! Malgré leur apparence peu avenante, la valeur gustative de leur chair blanche est appréciée. Ce crustacé coriace peut vivre une vingtaine d'années ! Pour les îliens, la pêche aux pouces-pieds se transmet entre générations comme un legs précieux. En réglementer la tradition est une offense à leur mode de vie !

Assis devant sa porte, Pierrot tire sur sa pipe. Il semble songeur sous sa vieille casquette de marin. Il m'est déjà arrivé de l'apercevoir en passant à vélo. Les rumeurs sur son compte envahissent chaque fois mes pensées et la peur l'emporte sur ma curiosité. Cette fois, je le vois de près au bord du chemin. Je ne peux pas l'éviter, ne serait-ce que par politesse entre voisins. Et lui ne peut que remarquer mon harpon, mon épuisette, ma musette et mon panier garni du produit de ma pêche. Bien qu'il paraisse absent derrière ses volutes de fumée, son œil exercé de navigateur m'avait vu venir de loin !

Dès mon salut, il m'adresse un sourire généreux, comme s'il m'avait reconnu : « Bienvenu, jeune homme. Quelle bonne pêche tu ramènes ? ». Je ne résiste pas à l'envie de lui montrer. « Belle cueillette de pouces-pieds ! » dit-il.

Je pensais lui faire une surprise. Il connaissait déjà le crustacé confidentiel par sa rareté et son allure peu engageante : une espèce protégée. Je regarde sa mine burinée de vieux marin et son regard bleu pétillant avec un soupçon d'admiration. D'où vient-il ? Il est tellement différent des autres, de ces gens du pays qu'il me semble connaître par cœur. Autour de lui flotte une auréole de mystère, entretenue par sa recherche de quiétude et de discrétion. Il me paraît inoffensif et je me réjouis de pouvoir enfin l'approcher.

« Voyons un peu, dit-il, sais-tu comment les cuisiner ? » À vrai dire, il m'est arrivé de les laver soigneusement mais là s'arrête mon rôle. Ma mère les plonge dans un court-bouillon où baigne déjà une poignée d'ingrédients. Elle connaît la cuisson exacte. Ils sont toujours tendres sous la dent et gardent leur goût iodé.

Mon embarras disparaît lorsqu'il ajoute : « Je te conseille le tartare de pouces-pieds ». Avec la passion d'un conteur, l'homme énumère sa recette : « Tu les passes à la casserole dans l'eau salée, avec du laurier, du thym, du poivre et de la coriandre, c'est tout. Tu portes à ébullition et laisses frémir dix minutes. Tu plonges alors les pouces-pieds pendant trois minutes, pas plus. Enfin, tu coupes la chair en petits dés… »

L'homme se lèche les babines en débitant sa recette. Je suis davantage sous le charme des mots coulant de sa bouche comme une source fraîche que de leur contenu. Au fil de l'exposé, il ponctue les étapes d'un clin d'œil de gourmet et je vois ses yeux papillonner. Je suis ébloui par sa dégustation imaginaire, au point d'en oublier que je dois rentrer au plus vite. Ma mère attend les crustacés pour le repas de midi.

Malgré le récit qui berce mes oreilles et chatouille mes babines, je finis par l'interrompre : « Je retourne à la pêche demain. Je vous en apporterai. » J'imagine mal l'homme âgé escalader les rochers glissants de la côte voisine où prospèrent les pouces-pieds, et sa frustration de devoir passer par un intermédiaire de la ville.

J'ai quitté Pierrot avec la sensation étrange d'avoir rencontré un vieil ami, séduit par sa voix chaleureuse, sa passion du partage de connaissance, son corps imposant et son impressionnante présence.

Il ne m'inspire plus aucune crainte, ce qui rend encore plus intrigante l'attitude des îliens à son égard.

4

Je me souviens avoir observé longuement ma mère à la cuisine ce jour-là, tandis qu'elle prépare le plat de pouces-pieds à sa manière. Elle ajoute des carottes, des oignons et du céleri, de l'ache des marais. Elle cuit le tout à feu moyen.

De manière inconsciente, je vois aussi la femme de quarante ans modeste et attentive. Sa tenue simple de mère au foyer, sous son tablier usé, gomme sa féminité. Elle prend peu soin d'elle et quelques fines rides cherchent déjà leur voie sur son front. Ses cheveux clairs coiffés en arrière, rassemblés en un mince chignon, dégagent son visage affable sur lequel ses yeux me font l'effet de deux balises aux éclats malicieux. Comme un papillon de nuit se jette dans la lumière, je ne résiste pas à son attrait : je n'ai qu'une mère et elle est belle de toute sa présence.

Etonnante Soizic ! elle s'éteint aussitôt que Fanch, son mari, franchit le seuil de la maison. Elle a tous les symptômes de la femme soumise et dévouée qui renonce par avance à défendre ses idées contre celles du maître. Mon père a six ans de plus. Il promène sa bonhomie de paysan, sa bouille de bon mangeur, rougie par le soleil et le froid, un peu par l'alcool aussi, un remède à son versant taciturne et renfermé, à sa mélancolie, comme s'il promenait sur ses épaules l'entière misère du monde.

Tout cela se dilue un moment dans le plaisir de partager ensemble un plat de pouces-pieds aux saveurs mélangées de la terre et de la mer, au goût toujours ressuscité. Je suis fier de ma pêche : ma contribution aux besoins d'une famille à nourrir.

Il ne manque que mon frère, ébéniste à Vannes chez l'artisan qui l'a formé. Yannick vit seul et loin de nous, au regret de mes parents qui auraient préféré qu'il trouvât un emploi sur l'île où le travail se fait rare, en dehors du tourisme.

Il revient un week-end sur deux, les bras chargés de spécialités du continent. Il arrive d'un monde lointain qui m'est alors inconnu. À treize ans, j'ai du mal à imaginer sa vie ailleurs, encore moins son métier dévoué au façonnage du bois, à un duel quotidien avec la matière fibreuse. Je n'ai pas compris tout de suite qu'il la transforme avec adresse et patience, lui donne une nouvelle chance, une deuxième vie.

Après avoir affronté longtemps les intempéries sous la parure flatteuse d'un arbre, le bois travaillé de ses mains va vivre sa réincarnation en meuble, bien à l'abri dans un logis aux côtés d'une famille adoptive. Il va partager les rires et les pleurs, les joies et les peines, dans le plus profond silence du bois que l'on dit mort.

Il arrive que Yannick nous apporte du kouign amann, délicieuse pâtisserie gorgée de beurre et de sucre, spécialité de Douarnenez à la croûte caramélisée et croustillante. Toute la famille s'en délecte, se remplit la panse, de quoi combler le vide d'un dimanche sur l'île.

Autour de la table en chêne, une fois épuisées les nouvelles que mon frère ramène de la ville, mon père reste silencieux. Ses journées à la ferme se répètent à l'identique et il n'a rien à ajouter. Sa nature de taiseux reprend vite le dessus.

Peut-être poursuit-il un dialogue intérieur qui ne nous concerne pas. Il garde ses soucis bien au chaud. Les sourires affectueux de ma mère et les relances de sa voix chaude reçoivent peu d'écho. Ses avances butent contre un haussement d'épaules ou un signe de tête désabusé. Une chape de silence retombe alors sur la salle et chacun s'occupe à manger. On dirait que notre père nous a formés sans s'en rendre compte à la retenue et au secret.

A l'extérieur, Fanch s'ouvre un peu avec Tijean, l'homme de main qu'il emploie à l'occasion. Tijean est un petit homme sec et fruste, toujours prêt à servir sans rechigner à la besogne, sans contester les ordres. Les fermiers se le repassent entre eux. Ils vantent son dévouement, sa discrétion.

Au cours du repas préparé avec ma pêche, j'annonce, le sourire victorieux, que je connais une nouvelle recette pour les pouces-pieds : le tartare ! Soizic prend une mine curieuse, mais c'est Fanch qui réplique le premier : « D'où tu tiens ça toi ? » « C'est Pierrot, le voisin, qui me l'a expliquée. » dis-je. « Je ne me souviens pas de tout, mais je peux lui demander de l'écrire pour maman. »

Mon père fronce les sourcils et un orage recouvre sa face d'un teint écarlate : « Parce que tu fréquentes l'individu ? Et tu veux retourner le voir ? Je t'interdis, tu m'entends. On a pas besoin de sa recette ». Surpris, je ne peux m'empêcher de réagir : « Mais pourquoi ? »

Ma question a réveillé davantage les instincts coléreux de mon père qui en bafouille : « Il n'est pas d'ici. On sait pas... d'où il vient... qui il est. Et... pourquoi il est sur notre île ? » Il s'arrête brusquement, ouvre de grands yeux ahuris, près de suffoquer au point d'inquiéter ma mère.

Je suis vexé par la description qui ne correspond en rien à mes impressions : « Je l'ai trouvé très gentil. » Mon père explose de nouveau : « On l'appelle Pierrot le fou. Il est pas comme nous. Je me demande... ce qu'il fait de ses journées. On m'a dit qu'il rôde dans les villages, fouille dans les registres des mairies. Il est malsain, je dis ». Il fait une moue de dégoût, avant d'insister : « Et qu'est-ce qu'il fait seul sur la côte sauvage quand c'est le mauvais temps et qu'il pleut fort. Il attend quoi ? Un miracle ? Le messie ! Il est bizarre. Je te demande de l'éviter. » Mon père pointe sur moi son regard orageux et un index menaçant. Une sorte de paratonnerre qui doit éloigner ma tentation et dissiper le coup de foudre que j'ai eu pour notre voisin.

Au fond de moi, je sais que rien ne me fera changer d'avis. J'avais trouvé le personnage attachant et sincère, très différent des autres. Un attrait immédiat et puissant pour Pierrot que je ne compte partager ni avec Gwenaël de la ferme voisine, mon meilleur copain et con-disciple, ni avec mon frère.

Dans cet affrontement inégal, le silence reste mon meilleur allié. Et la colère de mon père se dissipe comme un feu étouffé.

5

Autant que je me souvienne, depuis l'enfance, la ferme m'a toujours fait l'effet d'une toile d'araignée nous retenant dans ses mailles plus ou moins lâches. Et lorsque l'on croit s'en libérer, elle nous tire de nouveau par un bras ou une jambe, comme un marécage dans lequel on s'enlise.

C'est ainsi que l'été, la pêche ou une sortie à vélo avec Gwenaël est un moyen d'échapper aux rappels insistants de la toile d'araignée. Un court répit car l'essentiel de mes vacances estivales se passe à la ferme. Le soleil se lève à peine sur l'échine voûtée du continent que j'aide déjà ma mère à traire les vaches. L'horizon est encore tout ensommeillé. J'entends les chants plein d'espoir des oiseaux dans les arbustes et les haies alentour, comme une invitation, alors que je transporte les bidons de lait jusqu'en bordure du chemin : le camion de ramassage est ponctuel.

J'apporte aussi le fourrage aux vaches alignées dans l'étable. Je reçois quelques meuglements en signe de reconnaissance. Puis je déverse les épluchures de légumes et nos déchets comestibles dans l'auge des cochons. Ils viennent à ma rencontre, tendent leur groin, évaluent la nourriture, leurs petits yeux plissés aux aguets et la queue frétillante.

Le soir, malgré la fatigue, il m'arrive de prêter l'oreille aux conversations de mes parents échangées à voix basse, à leur tonalité inquiète lorsqu'ils parlent des factures à honorer, du tracteur à remplacer avant qu'il ne rende l'âme. Le lendemain, sans rien dire, je force la dose servie aux bêtes en leur demandant à l'oreille de faire un effort de leur côté : aux vaches de produire plus de lait, à nos quatre cochons de prendre plus de poids. Le plus petit d'entre eux grogne alors plus fort et remue les épaules, comme s'il rejetait mes recommandations. Je n'insiste pas davantage.

Depuis longtemps déjà, je refuse d'assister à la saignée des cochons lorsqu'ils atteignent le bon poids pour faire avec leur sang et leurs boyaux des boudins délicieux, pour débiter assez de jambon et de viande, de quoi nourrir la famille et en vendre une partie. Mon père se charge de la besogne, avec l'aide de Tijean et de ma mère. Je me réfugie dans ma chambre et me bouche les oreilles. Je ne veux pas entendre les plaintes du cochon à l'agonie, un animal proche des humains et de moi en particulier. Ses cris aigus comme un appel au secours me brisent le cœur. J'imagine le couteau dans sa gorge et le sang qui jaillit, ses yeux révulsés et les tremblements de tout son corps suspendu par les pattes arrière.

Avec les bêtes que je nourris, nos échanges silencieux et nos gestes sont une forme de langage entre nous, une complicité qui grandit avec le temps. Leur regard vitreux m'englobe dans leur confiance mais je reste hanté par l'idée que je vais les abandonner à la tyrannie des hommes. Cela me rend triste. Mais chaque jour sauvé est une victoire dont on se réjouit ensemble.

De temps à autres, Tijean vient égayer le service du matin et discuter le bout de gras, même lorsque l'on n'a pas besoin de lui. Il passe simplement pour briser son ennui et sa solitude. Il m'observe à la tâche, me glisse des conseils qui lui donnent de l'importance. Au bout d'un moment, ainsi ragaillardi et la mine enjouée, il s'en va brusquement, d'un pas léger et sautillant. « Je vais en ville. » dit-il. Je connais ses habitudes. En réalité, le bougre va au bourg le plus proche acheter son pain, faire le tiercé et boire son vin blanc.

Au travail, le plus redoutable est mon père, son regard critique et ses mots sévères. Il trouve souvent à redire. Je tiens mal la fourche pour nettoyer l'étable. Je ne donne pas assez d'herbes aux vaches, ou trop à manger aux cochons qui ressemblent à des baudruches roses prêtes à exploser. Je gaspille, dit-il, lorsqu'un peu de lait déborde d'un bidon pendant son transport.

Je ne sais pas dire alors s'il agit par dénigrement, une sorte de méchanceté impulsive, ou dans l'intention de m'apprendre le métier, de me guider vers la perfection.

Lorsque ma mère est là, elle prend ma défense : elle invoque ma jeunesse, ma bonne volonté. Mais les reproches m'agacent et je me réfugie dans un silence boudeur. Je pense à mon frère qui a trouvé la solution : partir travailler loin, sur le continent, à Vannes que je ne connais pas. Dans un calendrier, une photo de la ville entourée de remparts m'avait marqué. J'imagine que mon frère travaille dans un château, entouré de jeunes filles à la mine épanouie qui le servent en tablier de lin et coiffe blanche.

Je pense aussi aux animaux de notre ferme qui ne se mettent jamais en colère. Ils semblent accepter la fatalité de leur sort, se résigner à manger et à dormir. Sont-ils heureux pour autant ? Je ne les vois jamais sourire lorsque je leur raconte une bonne blague. Ils me jettent un regard vide, indifférent, comme si je venais d'une autre planète !

6

La fraîcheur du matin s'est depuis long-temps dissipée. Les rayons du soleil semblent rebondir sur la lande et jusque sur les chau-mières au loin. Je reviens guilleret de mon second jour de pêche. Mes pas légers de ga-min jouent dans la poussière du chemin.

J'approche de la maisonnette où vit Pierrot. Quelques hésitations me tourmentent. Oserai-je braver l'interdiction de mon père ? Et dé-ranger l'individu dont personne ne connaît les véritables intentions, ni l'humeur du jour ? Deux corbeaux me dépassent et font halte sur la cime d'un saule. De là, ils peuvent guetter ma progression, avec mon harnachement de pêcheur amateur alourdi d'une boîte récupé-rée entre les rochers.

Je n'ai qu'une parole : j'ai promis à notre voisin le géant, l'épouvantail à îliens, de lui donner des pouces-pieds. Je l'imagine déjà se délecter avec son tartare et une bonne bou-teille de vin.

Derrière la maison, le coq s'est mis à chan-ter, peut-être pour signaler ma présence. Les ramures du lierre barrent la façade latérale et la porte est close. Je frappe avec retenue, de crainte d'importuner. Pierrot se montre, ac-coutré d'un tablier de cuisine gris sur une chemise rose. Son sourire me rassure aussitôt. Je suis le bienvenu. Je verse dans ses mains calleuses deux grosses poignées de pouces-pieds. Ses longs doigts me font penser à des pinces de crabe velues.

Je reste muet sur le seuil. L'homme regarde ma pêche, mon attirail et mon accoutrement disparate. Après les remerciements d'usage, il me dit : « Et qu'est-ce que tu as dans cette boîte en bois ? » Je suis pris au dépourvu. Je pince les lèvres. Il se retire quelques instants à la cuisine, dépose la livrée de pouces-pieds.

Sur mon territoire de pêche, quelqu'un est passé avant moi cueillir dès la marée basse les grappes de pouces-pieds que j'avais repérées la veille. J'ai dû m'avancer plus loin sur des rochers abrupts et glissants, recouverts par endroits d'algues gluantes, tandis que les pointes rocheuses déchiquetaient les vagues les plus téméraires.

Alors que je me repliais, le panier plein, j'ai aperçu une étrange méduse brune à peau translucide, égarée loin de ses eaux chaudes. En réalité, un coffret en bois coincé entre les rochers. J'ai récupéré la boîte légère léchée par les vagues et enrobée d'une pellicule étanche.

J'ai attendu de rejoindre par le sentier abrupt le sommet de la falaise avant d'ouvrir la curiosité sauvée des eaux. Avec mon couteau pliant, j'ai tôt fait de découper l'enveloppe protectrice. En levant le couvercle sont apparues deux grosses pièces de monnaie de couleur dorée, posées dans leurs niches de velours, comme dans un étui à bijoux.

Leur éclat au soleil, leur beauté étincelante me brouillaient la vue. J'ai failli relâcher la boîte dans la pente, au risque de la perdre dans les eaux brassées et tumultueuses qui venaient frapper la falaise, alors que la marée reprenait lentement de la hauteur.

Devant le colosse barbu qui m'interroge, je débite la vérité que je comptais garder pour moi, ou plutôt la partager avec mes parents qui seront ravis de cette pêche miraculeuse. Pierrot a tendu la main et attrapé une pièce qu'il mord avec énergie. « Tu as sans doute trouvé des pièces d'or qui ont de la valeur. » dit-il. « C'est une fortune de mer qui te porte chance ».

Je ne comprends pas son langage, imaginant déjà qu'il me faudra rendre les pièces à son propriétaire, car je m'honore de rester honnête. Il remet la pièce d'or en place. En marin aguerri aux mystères de la mer, j'attends qu'il me dicte la bonne conduite à tenir. Les épaules rentrées, je me fais déjà à l'idée de me séparer du coffret encombrant.

Le géant m'invite à m'asseoir auprès de lui sur le banc en bois contre la façade. Je m'imprègne de l'image provisoire des deux belles pièces dorées, l'air abattu. Une trouvaille trop reluisante pour m'appartenir. Il m'entoure de son bras amical et m'explique d'une voix douce : « La fortune de mer est un accident maritime dû aux naufrages, et autrefois aux prises faites par des pirates. » Il expire longuement, comme si cela lui rappelait une expérience vécue, avant de continuer : « Lorsque les navires en perdition dans la tempête venaient s'échouer sur les côtes, les riverains du littoral convoitaient leur chargement. Ils récupéraient des marchandises, et parfois des pierreries et de l'or, des lingots d'or ». Il reprend son souffle. Son regard flotte loin de la maison, sans doute sur des mers lointaines. « J'ai connu des chasseurs de trésors, dit-il, des pilleurs d'épave qui ont fait fortune. Souvent, la loi était de leur côté. Ces cargaisons étaient considérées perdues par leurs propriétaires qui n'avaient pas su les protéger. »

Il me tapote la jambe : « Petit, ces pièces de monnaie anciennes t'appartiennent. La mer te les a données. Tu les as méritées. Surtout, garde-les bien pour toi. » Il tourne la tête vers moi, les yeux humides de plaisir. Ses lèvres esquissent un sourire amical, une vague qui semble me submerger. Il me remercie pour les pouces-pieds : « C'est mon trésor à moi ! » dit-il avec un air gourmand. « À mon âge, je n'ai pas besoin d'or. Déguster des fruits de mer frais cueillis de ta main, ça me suffit. Ce sera mon régal du jour. »

Il adopte soudain un air plus sérieux : « L'or, tout comme la fortune, a toujours suscité des jalousies. Il n'est pas bon de raconter ta découverte à tout le monde. Ça pourrait provoquer de mauvaises réactions. »

À ce moment-là, les conséquences possibles sont confuses dans mon esprit d'enfant confronté à une situation nouvelle, imprévue. Une étrange décoction de satisfaction et de crainte empoisonne alors mes pensées. Je suis détenteur d'un petit trésor dont je ne connais pas le mode d'emploi. Je comprends vaguement qu'il présente un danger !

Je repars avec mon chargement d'or et de pouces-pieds. Je me sens maladroit, encombré de mon matériel de pêche traînant au sol et la tête farcie de contradictions.

7

Au soir de ma seconde journée de pêche -
un vendredi -, mon frère Yannick est arrivé au
bateau de Palais. Il s'est délecté avec nous du
plat de pouces-pieds. La préparation culinaire
immuable de notre mère lui convient. Il
baigne en même temps dans les souvenirs de
ses jeunes années où il m'avait précédé dans
les rochers de la côte sauvage.

Le plaisir éclaire son visage et je l'imagine
voyager dans son enfance sur l'île, errant au
gré de ses envies et des saisons, porté par les
vents taquins. Une période de liberté sur une
île plantée de phares et de sémaphores qui
épinglent un paysage impatient et fougueux,
et le retiennent comme une nappe fleurie sur
laquelle nous avons vagabondé jusque dans
ses replis embaumés : une jeunesse où nous
avons crapahuté sans peur sur ses crêtes rocheuses aux mâchoires coupantes.

À la fin du dîner me revient l'honneur
d'ouvrir la boîte de biscuits apportée par Yannick. Une boîte en métal qui me fait penser à
celle en bois que l'océan atlantique m'a généreusement offerte le jour même.

Je pioche allégrement les palets croquants
de Pont-Aven ! Leur recette à base de beurre
breton demi-sel et de farine de sarrasin vient,
en apothéose du repas familial, séduire nos
papilles.

L'arrivée de mon frère me distrait un moment de ma découverte du matin. Effrayé par les paroles de Pierrot, j'avais caché la boîte dans la grange en attendant de décider comment la présenter à mes parents. Après tout, je n'avais pas de témoin pour confirmer ma trouvaille de mer. Je pouvais être accusé d'avoir volé les pièces d'or. Ce modeste trésor m'investit d'une responsabilité transcendant mon âge. La nuit me portera conseil. Après l'excitation de la découverte, les remarques du voisin au long cours ont réveillé en moi des instincts de prudence.

Le samedi matin, je suis le premier debout, de très bonne heure. Je me rends discrètement à la grange avant le petit déjeuner. Je mets une pièce dans ma poche et je vais enterrer la boîte et la pièce restante à l'orée du bois, là où la charrue ne passe jamais. J'avais décidé de partager mon trésor en deux.

Mon père a réparti les tâches pour la matinée. Je vais donner à manger aux vaches et aux cochons. Yannick peut dormir encore, épuisé par sa semaine de labeur à sculpter le bois, à lui donner une nouvelle apparence par la magie de ses doigts. Je me rends compte que mes parents sont fiers de leur fils aîné qui réussit à la ville et gagne en assurance. Il est devenu un homme, auréolé de sa réussite qui rejaillit sur la famille cantonnée jusqu'alors à une réputation d'éleveurs et de cultivateurs, de bons paysans. Il lui reste à trouver épouse et assurer la descendance dont ma mère rêve secrètement.

À midi, de nouveau tous réunis à table, je prends mon courage à deux mains : « J'ai oublié de vous dire que j'ai trouvé une vieille pièce de monnaie dans les rochers de la côte, hier matin. J'ai jeté l'emballage.» L'épaisse pièce posée au milieu de la table devient la cible de toute l'attention.

Confronté à une énigme, le front du chef de famille se couvre de plis. Après un moment d'observation, il tend la main et soupèse ma trouvaille. Dans un réflexe, j'ajoute : « D'après Pierrot, ce serait une pièce en or. » Une précision que je regrette aussitôt, car la face de mon père s'est assombrie. Il serre la pièce dans sa main droite, esquisse le geste de me la jeter à la figure : « C'est au voisin que tu t'adresses en premier quand tu trouves quelque chose ? Je t'ai prévenu. Je veux pas que tu fréquentes cet homme. On sait pas ce qu'il pense. N'oublie pas que tu es un enfant sans défense, un innocent ! » Il a de nouveau le visage méchant, suintant de haine. Je me tiens plaqué contre le dossier de la chaise, un bras devant le visage.

Alors que je reste sans voix, désorienté, ma mère vient à mon secours : « Ce n'est qu'un enfant. Il a cru bien faire s'il a rencontré cet homme sur son chemin. » Puis elle se tourne vers moi. Sur le ton de reproche, elle me dit : « J'espère que tu n'as pas volé cette pièce. Elle semble neuve tellement elle brille. » Entre temps, Yannick l'a prise dans sa main et la soupèse. « Il se peut bien qu'elle soit en or. On distingue l'effigie d'un roi sur la face. Elle doit être très ancienne. Dans ce cas, elle vaut cher ! »

Mon père relève la tête. Il montre soudain plus d'intérêt pour la chose que pour ma désobéissance. « Est-ce que tu peux la montrer à un expert à Vannes ? » lui dit-il, la mine avide.

Curieusement, la pièce de monnaie qui venait de ma poche m'échappe. À débattre de son sort, mon père et Yannick se la sont appropriée. L'or exerce un étonnant pouvoir d'attraction que je découvre. Ma mère aussi approuve la démarche. L'embryon de trésor leur appartient désormais.

Je reste à l'écart retranché dans mon silence, en observateur attentif. Avec un sentiment de fierté en songeant que la vente de cette pièce a le pouvoir inattendu d'améliorer les finances de ma famille, et s'avérer plus efficace que mon insistance auprès des bêtes pour les convaincre de produire davantage ou d'engraisser plus vite.

8

Fin juillet. Les plants de pommes de terre sont desséchés, leurs fleurs fanées. La récolte peut commencer. Mon frère ne sera pas là. Je suis tout désigné pour aider mon père. Fort de la fraîcheur physique de mes treize ans et demi, je vais de nouveau creuser la terre, soulever à la bêche ces pépites ternes sans les abîmer : les pommes de terre en grappes. Nettoyer et trier, les transporter au local de stockage. La plantation sur près d'un hectare est l'une des sources de revenu de la famille. Ce n'est pas de l'or mais de l'argent nécessaire au foyer.

Je me souviens qu'après une journée harassante, le dos fourbu, j'avais prétexté une promenade en vélo pour me glisser jusqu'à la maisonnette de Pierrot posée tel un îlot perdu en haut du vallon. Après la poussière noire du champ, je me hisse vers la lumière. Mon cœur vole à tire d'ailes.

Quelques arbres montent fidèlement la garde autour de la longère. Mes coups sur la grosse porte en bois au vernis dégradé par la pluie et les embruns de l'océan doivent m'ouvrir sur une sorte de paradis. Hélas ! Pas de réponse. Mes appels répétés résonnent dans le vide. Je ressens déjà la déception de l'enfant privé d'une récompense ou d'un cadeau.

Les épaules avachies, je laisse choir mon vélo contre la façade et contourne la maison. La vieille Méhari orange décapotable du capitaine en retraite est là, sous l'auvent. Tout autour, le soleil projette des ombres de plus en plus longues. Il prépare sa litière du soir. J'aperçois soudain un dos courbé au fond du potager. Pierrot cueille des tomates. Il entend mon appel et se redresse, les fruits rouges de son jardin au bout des bras. Avec la salopette bleue délavée et les mains pleines de sa récolte, il ressemble davantage à un paysan amateur qu'à un glorieux navigateur. Une pensée fugitive me le fait voir en épouvantail à moineaux planté sur son terrain. Je regrette aussitôt cette image et mon manque de respect pour le géant à l'apparence honnête et simple.

Il me fait entrer, dépose les tomates dans l'évier. Il met deux verres sur la table. La pièce du rez-de-chaussée toute en longueur sert de cuisine, de salle à manger et de séjour. Deux autres portes au fond donnent sur le coin nuit et les commodités.

Les murs sont agrémentés d'aquarelles : sur l'une des mouettes saisies en plein vol au-dessus d'un voilier qui file vers une île lointaine, un petit port et ses bateaux de pêche sur l'autre, et plus loin un phare au centre d'un bouquet de vagues géantes. Sur le grand tableau du mur principal, un immense pont métallique pour véhicules est rehaussé d'une partie courbe qui supporte, au niveau supérieur, une voie ferrée. Le double pont chevauche un fleuve sur lequel s'avance une embarcation chargée de tonneaux, sa voile carrée tendue sur le mât central.

Pierrot a remarqué ma curiosité pour cette peinture saisissante par l'intensité de vie qu'elle dégage au point que le fleuve semble glisser réellement sous le pont. « Sur l'arrière-plan, dit Pierrot, c'est la ville de Porto au Portugal. Et ce pont est l'œuvre de l'architecte Eiffel. » Cette précision embrouille mes idées. J'avais appris que l'architecte n'était renommé que pour une seule œuvre : la tour Eiffel !

Après ma confusion vient l'émotion de ce coin du monde illustré avec brio par un expert en navigation : la ville de Porto, son quartier médiéval, les étroites ruelles pavées. Les « rabelos », de grandes barques à fond plat qui transportent les fûts de vin de l'appellation Porto sur le Douro, jusqu'à l'embouchure du fleuve d'où le breuvage sera distribué dans le monde entier, selon Pierrot, par ce même océan atlantique qui vient taquiner nos falaises.

Je reste longtemps debout, à voyager dans le grand tableau et les aquarelles. Il me semble entendre les vagues remonter le fleuve, le souffle du vent dans la voile unique du « rabelo », les tonneaux en bois grincer sur le pont et le sifflement d'un train dans le lointain, puis la voix grave de Pierrot qui me ramène sur terre.

Il m'a déjà servi un verre de grenadine. Je suis assis en face de lui, avec le sentiment étrange d'être à mille lieux de la ferme. Le décor me transporte. À l'autre extrémité du séjour, deux rames, une ancre et un cordage occupent un angle. Dans un autre recoin, un globe terrestre ancien, aux couleurs sombres : une mappemonde à portée de main, comme si un besoin impérieux de voyage pouvait survenir à tout moment. Je brûle d'envie de faire tourner cette boule dans le vide, de suivre le mouvement du monde, d'entendre la respiration des océans, le vent dans les haubans.

« Qu'as-tu fait de tes pièces d'or ? » dit-il. Une question à laquelle je ne m'attendais pas. L'homme me fixe avec ses grands yeux bleus tranchants. Sa joue droite est barrée d'une balafre verticale dont il me dira plus tard qu'il avait reçu une élingue métallique en plein visage, lors d'un chargement de son navire de commerce au Congo. Ses grosses mains écaillées et foncées, posées à plat sur la table, me font songer aux rochers sur lesquels les grappes de pouces-pieds prennent racines et grandissent.

Après une gorgée de grenadine qui déteint sur mes joues, je respire profondément. Mon hôte mérite une réponse précise : « J'ai donné une pièce à mes parents et j'ai gardé l'autre en réserve. »

Pierrot est resté un moment songeur avant un plissement des lèvres que j'interprète déjà comme une approbation : « Tu as eu le bon réflexe de l'écureuil.» dit-il. « Une cagnotte pour plus tard. Est-ce que tes parents ont réalisé qu'il s'agit d'une pièce en or. Ils peuvent en tirer un bon prix. C'est un cadeau de la mer dont il faut profiter. » J'ai opiné de la tête et je cherche à changer de sujet.

Je demande qu'il me montre sur le globe planétaire où se trouvent Porto et son port mystérieux d'où partent les bateaux chargés de la potion magique et enivrante.

9

Avec Gwenaël, nos croisières au long cours se font à vélo, sur les routes et les chemins de l'île, par tous les temps. Dès que nous dérobons quelques heures aux corvées de la ferme, nous enfourchons nos montures d'acier et filons à la force des mollets. Un délicieux moment d'évasion entre copains sur notre vaste territoire de jeu, sur la lande sauvage qui respire comme une immense peau.

Avant ma rencontre avec Pierrot, les frontières de l'île me paraissaient infranchissables pour un enfant, même en imagination. L'échappée de mon frère jusqu'au port paisible de Vannes me titillait l'esprit pour se perdre chaque fois dans le vague. Je manquais encore de matière pour donner consistance à des rêves d'escapade plus ambitieux.

Sur nos vélos, nous roulons en confiance à l'intérieur des limites naturelles. Après la rue principale de Bangor, nous évitons l'ombre menaçante de Goulphar, le phare qui garde les aiguilles de Port Coton : des rochers dressés dans la mer tels des lutteurs enlisés qui mâchonnent l'océan sans relâche. Le gros temps les éclabousse de flocons d'écume, s'acharne à les ridiculiser.

J'apprendrai une fois adulte que Claude Monet avait déjà fixé sur la toile la noblesse de leurs bustes. Leurs reflets de mon enfance sont conservés à l'authentique dans un musée.

Notre témérité nous entraîne parfois jusqu'à l'extrémité nord de l'île, au-delà du port de pêche de Sauzon. À la Pointe des Poulains, là où la falaise est en lutte permanente contre le déferlement des vagues, où le vent rumine dans sa barbe et cherche une faille pour grignoter la roche.

Nous longeons le mystérieux fort de Sarah Bernhardt, un lieu d'archives que les touristes viennent feuilleter. J'avais vu des photos de la tragédienne au chapeau disparue en 1923. Les frasques mondaines de l'occupante du fort n'ont jamais retenu mon attention.

Gwenaël n'en sait pas davantage sur le passé de l'île, ni sur l'Histoire en général. Il s'intéresse à la nature et aux animaux. La ferme de ses parents est un nid douillet dans lequel il s'ébroue et grandit sans se poser de questions. Nous avons le même âge. Il est plus grand que moi, très blanc de peau et le visage en biseau, ciselé par l'air vif et sculpté par les vents. Il porte souvent un vieux chapeau de paille enfoncé sur le crâne et des sabots de bois. Son allure de paysan attardé n'empêche pas ses qualités d'intelligence en classe, malgré son peu d'intérêt pour les études.

Au retour de nos longues promenades, un bosquet éloigné de nos habitations nous sert d'étape. Par habitude, nous montons dans un grand chêne où chacun a sa branche, toujours la même. Grisés par ce léger recul sur nos congénères terriens, nous nous racontons des histoires, nous nous projetons à voix haute dans l'avenir. Gwenaël veut une grande ferme avec des animaux en liberté, des chevaux et des chevreuils aussi, attiré par leur élégance.

Nos envies et nos rêves sont sans prétention, sans démesure. Ils ne franchissent pas les frontières de l'île qui berce tendrement nos jours. Les adultes nous répètent à l'excès que les enfants y sont en sécurité, protégés des menaces du monde extérieur. Un microcosme où tous les îliens se connaissent et se surveillent sans en avoir l'air. Cela ne nous empêche pas de tenir secret notre refuge dans le grand chêne. Yannick n'est pas dans la confidence.

Ah ! Le bel été de nos treize ans. C'est l'heure de la halte, du repos solitaire sur les hauteurs du chêne. Ce jour-là, Gwenaël en vient à parler de sexe, de son cousin Ursule, garçon de ferme en Charente.

Son cousin de dix-huit ans, obsédé par le sexe, lui avait vanté ses exploits. Il s'était déniaisé avec une biquette à la ferme, une belle chèvre rousse. La deuxième fois qu'il avait voulu la prendre, le bouc l'avait chassé à grands coups de cornes. Il avait alors porté son dévolu sur l'ânesse de la ferme voisine qu'il rejoignait la nuit en cachette. Il caressait longuement son poil gris ras. Elle tournait vers lui des yeux conquis. Il la pénétrait en douceur. Elle semblait, paraît-il, apprécier ses assauts nocturnes, à en croire son long braiement de jouissance.

Face à mon dégoût des fanfaronnades du cousin Ursule que je peine à croire, Gwenaël bascule la conversation sur notre professeur d'anglais, une femme aux fesses rondes, rebondies comme les dos d'âne sur la chaussée. Chaque fois qu'elle écrit au tableau, il est en érection. Il se souvient de ses vêtements, ceux qui mettent en valeur ses formes, les rondeurs postérieures et les seins. Il garde en mémoire ses décolletés à l'échancrure fatale, autant de détails qui nourrissent ses fantasmes et que je n'avais pas remarqués.

Sa description finit par m'émouvoir, éveiller en moi des pulsions enfouies. Des images de la femme aguichante, derrière son maquillage d'enseignante, reviennent en surface.

Est-ce l'enthousiasme, le vertige des hauteurs ou des sensations nouvelles ? Nous nous mettons tous deux à nous masturber, chacun sur sa branche qui remue légèrement. Gwenaël me lance un défi. « C'est à celui qui éjacule le plus loin ! » dit-il. Je perds à cet exercice pour lequel je suis moins entraîné que lui.

Par nos actes insensés, j'ai l'arrogance de penser que nous pouvons, du haut de notre perchoir, ensemencer la terre. Mon compère plaisante, me fait croire qu'il voit nos spermatozoïdes ramper sur le sol, à la recherche de graines à germer. Après tout, les larves des cigales trouvent seules comment pénétrer le sol pour se reproduire.

Les balbutiements insouciants de nos corps dans le grand chêne purgent notre trop plein de vie, nous éloignent un moment des tâches domestiques et mettent en valeur notre capacité d'ensemencement.

Notre éjaculation me fera songer plus tard à la saignée médicale pratiquée autrefois pour soigner les malades, selon la théorie des humeurs. Nous étions fiers de notre apport à la terre, à son corps fertile, au magma volcanique de schiste, micaschiste et de quartz.

Je découvrirai à l'âge adulte un livre étrange qui m'a conforté dans nos errements d'enfants : « Le baron perché ». L'écrivain et fabuliste italien Italo Calvino y conte l'histoire d'un garçon de treize ans qui décide de vivre dans les arbres dont il ne descendra plus, sautant de l'un à l'autre. En équilibre sur les branches, il observe les humains à distance et vit d'aventures extraordinaires. Il flotte ainsi sa vie durant au-dessus du vide. Il séduit les femmes qui viennent à sa rencontre. Il propage lui aussi sa semence bienfaitrice à sa façon, avec bien plus d'adresse que le décrassage maladroit sur une branche de notre appareil génital.

10

À son arrivée vendredi soir, Yannick a posé sur la table de la cuisine un grand sachet de bonbons : des palourdes au caramel et au beurre à la fleur de sel de Guérande, recouvertes d'une mince coque pralinée. Et il a remis à notre géniteur une épaisse enveloppe. Deux semaines plus tôt, il était reparti avec ma « fortune de mer » : la pièce dorée du coffret porté par les courants jusqu'aux rochers hostiles de la côte sauvage.

Mon père s'est aussitôt dirigé vers sa chambre, l'air radieux, sans doute pour compter le butin ramené par son fils aîné. Peu après, il revient sans l'enveloppe, en se frottant les mains. J'ai compris que la pièce d'or avait été vendue sans que j'en sois informé. Tous deux espèrent peut-être atténuer ma peine avec les palourdes caramélisées qui fondent en bouche comme un élixir apaisant ; un remède contre les regrets.

Au dîner, le ragoût de mouton encore fumant détend l'atmosphère. Yannick aborde enfin le sujet qui me taraude. Je m'attarde à couper une pomme de terre en fines tranches afin de ne rien perdre de ses explications. Le bijoutier avait été surpris par la monnaie : un double royal d'or à l'effigie de Philippe VI, des années 1340 ! Une pièce bien conservée, d'une surprenante brillance. Et sa gravure nette : le roi siège sur une stalle gothique à baldaquin. Il tient un sceptre dans chaque main. Bref, une monnaie rare et recherchée !

Fanch avait donné son aval pour la vendre. Il ouvre de grands yeux souriants et comblés au récit de Yannick. Il se réjouit en silence de ce coup du sort qui renfloue les caisses de la famille. Bien qu'il semble oublier l'origine de la pièce, sa joie me rend heureux. À la fin, il hoche la tête pour saluer la performance de mon frère. Ma mère a posé sa main chaude sur la mienne pour me dire en silence combien la famille m'est redevable pour l'embellie financière.

J'ai écouté les adultes sans dire un mot. Sur le mur face à moi, une vieille photo agrandie représente mes grands-parents maternels disparus. Sur le visage incliné et doux de ma grand-mère, je reconnais les traits de ma mère, sa bienveillance et son affection sans faille. Pour le reste, je me vengerai sur les bonbons pralinés.

Le lendemain, à l'heure de la sieste j'enfourche mon vélo sans prévenir personne. L'envie m'avait effleuré un moment de rejoindre Gwenaël, mais mes pensées sont ailleurs. Je peine dans la côte, sous la chaleur de l'après-midi. En haut du vallon, je cache mon vélo derrière les bruyères. J'évite un bourdon qui fait la cour aux orchidées sauvages. Leurs fleurs élégantes aux teintes violettes semblent se redresser légèrement, gonflées d'orgueil.

Mes coups sur la porte sonnent comme un appel assourdi dans la brume. Après un peu d'angoisse, la poignée tourne. Pierrot porte des lunettes et tient dans sa main gauche un livre épais usé par les années. Il me fait signe d'entrer et me désigne un fauteuil.

Je m'en veux de l'avoir dérangé en pleine lecture. Dans l'espace sécurisant et frais du salon, je me sens bien tout à coup, libéré d'un poids indéfini. Je n'ai même pas envie de parler. Sa maison modeste m'enveloppe d'un voile de douceur. Les gestes lents du tenancier continuent de tisser un bonheur invisible. Je baigne dans un havre de paix où ma respiration se ralentit d'elle-même. Les battements du sang qui tourmentent mon corps adolescent n'en sont que mieux perceptibles. Leur flot se calme peu à peu, et vient mourir comme des vagues sur un îlot accueillant.

Pierrot pose son livre ouvert sur le rebord de la fenêtre. Je m'attends à ce que les pages s'envolent, libérées de l'étreinte de ses mains puissantes. Rien ne se passe. Les murs de pierre nous isolent du monde extérieur. Le silence tournoie au-dessus de nos têtes. Et les bateaux sur les aquarelles se mettent à rouler légèrement d'un bord à l'autre, sous un effet de houle au moment où le vieux marin s'affale dans le fauteuil d'en face.

L'homme me parle simplement, comme si je ne m'étais jamais éloigné, comme si je faisais partie de la maison ou de son équipage. Je comprends alors que je serai toujours chez moi sous ce toit. Sous sa protection, dans ce navire intemporel qui me protège des tourments et des complots.

Du coin de l'œil, je surveille le livre en équilibre sur le rebord de la fenêtre. Il me fait penser à une jeune mouette qui hésite à prendre son envol.

Pierrot me sourit : « Tu ne me déranges pas, tu sais. Une lecture, c'est comme le mouvement des vagues. Page après page, on se laisse porter jusqu'à la grève pour une halte provisoire. On y retourne quand on veut, tout de suite ou plus tard. »

Je n'ose pas lui avouer que je lis peu, uniquement par obligation scolaire. Mais à observer ma réaction, il l'a deviné. Avec le même apaisement dans la voix, il me dit encore : « Le livre est un océan inépuisable. Les mots y sont à l'aise, agiles comme des poissons. Même celui qui ne sait pas nager peut s'y aventurer. Le livre que j'ai posé devant la fenêtre et qui respire la lumière de l'après-midi raconte des trésors perdus. Tous égarés par des navigateurs, victimes de tempêtes qui ont coulé leurs navires, ou pris à l'abordage par des pirates et que l'on n'a jamais retrouvés. Autant d'histoires qui vont nourrir l'imaginaire des lecteurs en quête d'aventures. »

Les bras croisés, il reste un moment silencieux, le regard distrait, sans doute en compagnie des personnages de son livre. Puis une grimace referme le chapitre qu'il vient de revivre : « C'est bien plus passionnant, dit-il, que de transporter d'un pays à l'autre des cargaisons de bois mort, de terre ou de ciment, comme je l'ai fait longtemps. » Cherche-t-il à sous-évaluer son rôle de navigateur et d'explorateur du monde qui suscite le respect et attise les jalousies ? Par modestie, j'imagine qu'il minimise aussi sa supériorité physique de géant, ses muscles et son intelligence qui lui ont servi à surmonter tant d'obstacles sur sa route.

Pierrot se met à évoquer un personnage de légende qu'il aurait pu rencontrer tellement il lui semble familier : « On avait fait escale à l'île de La Réunion, en janvier. C'était le plein été sous les tropiques. Une chaleur torride ! Dans la ville côtière de Saint-Paul, je m'étais rendu au cimetière marin. Sur la plage de sable blanc poussent des frangipaniers et des filaos, des arbres qui résistent à l'air salin. Tout de suite à droite de l'entrée, je ne pouvais pas manquer la tombe du pirate La Buse, de son vrai nom Olivier Levasseur. Un pirate qui a régné longtemps sur les mers du Sud et dépouillé quantité de navires. Son trésor est resté introuvable. Il l'aurait, paraît-il, caché dans la ravine du Bernica, un mince cours d'eau près de Saint-Paul qui se remplit par mauvais temps et rugit alors comme un chien de garde. Ils sont légion ceux qui cherchent encore et espèrent le retrouver. » dit-il dans un soupir.

Le conteur s'arrête net, pensif. Il revoit la sépulture du pirate bordée de pierres de laves et d'autres souvenirs qu'il me détaille ensuite. La dalle mortuaire sur un monticule de gravillons couleur rouge sang, reflet éphémère de ses combats héroïques. À gauche de la sépulture, un canon à fût doré monté sur un socle noir, comme une défense symbolique contre une menace depuis longtemps disparue !

La Buse a péri en 1730, exécuté à Saint-Paul, mais sa légende est toujours vivante. Il n'est pas rare de trouver sur la dalle ou au pied de sa croix une bouteille de rhum, des verres et des pièces de monnaie parmi d'autres offrandes.

Cette fois-ci, j'avais quitté Pierrot le cœur léger et l'esprit bourré d'aventures, avec un livre sous le bras. J'en avais oublié de lui mentionner la vente de la pièce d'or.

Il m'avait ouvert une fenêtre sur d'autres terres, sur des îles lointaines et d'autres destins, sur le rêve et ses effets magiques.

11

Je me souviens d'une fois où ma mère m'avait aussitôt entouré de ses bras. Un bouclier de tendresse contre la colère soudaine de mon père, aussi doux que le souvenir lointain de la chaleur nourrissante du sein maternel. Tout cela me revient, après que les mots ont fusé avec brutalité de la bouche de Fanch : « Je t'avais prévenu ! Je veux plus que tu parles à ce type. J'espère qu'il t'a pas fait de mal au moins. » Son index bat encore l'air telle une épée menaçante.

Je suis puni : mon vélo confisqué pendant une semaine et corvée de nettoyage à fond de la porcherie.

Dans la maison, l'écho de sa voix grave a repoussé la douceur du soir. Mon père s'est servi un verre de vin qu'il boit d'un trait. Le calme revient. Un voisin m'avait vu sortir de chez Pierrot et l'en avait informé, sans penser à mal, paraît-il.

Je passe des heures dans la soue à cochons, à vider leurs excréments et la fange qui déborde. Les bêtes suivent mes gestes d'un œil étonné, les oreilles dressées et le groin tendu, surprises du grand toilettage. Elles viennent se frotter contre moi, me dire leur compassion. Pendant deux jours au moins, leurs odeurs fortes imprègnent mes vêtements et ma peau, mes narines aussi. J'ai finalement mis l'eau de toilette de ma mère comme remède.

Sans mon vélo, je me sens prisonnier de la ferme. Je me surprends à passer du temps à la lecture, une activité qui me rebutait jusqu'alors. Pierrot m'a prêté « L'île au trésor ». J'ai menti à mes parents, leur faisant croire que le livre d'aventure est à Gwenaël. Mon père a haussé les épaules. Il considère la lecture de romans comme une perte de temps. Le travail à la ferme occupe toute sa vie. Nous n'avons pas de bibliothèque. Pas de livres dignes de ce nom, à l'exception d'un vieux dictionnaire Larousse qui donne l'illusion de notre intérêt pour la langue française.

Dans la chambre parentale s'accumule près du lit une pile de vieux journaux, à portée de main du côté de mon père. Des magazines féminins du côté de ma mère. Mon paternel parcourt les titres en diagonale : les détails l'ennuient. Leur lit est orienté nord-sud et leurs lectures en pointillés se limitent à Ouest-France et Est-Magazines, comme je les nomme depuis que je sais identifier convenablement les points cardinaux.

Ma science sur le sujet magnétique remonte à la classe de sixième, depuis que j'ai interrogé ma professeure de géographie sur la position de l'orient et de l'occident, et sur le rôle des pôles. Après l'effet de surprise, elle a présenté l'est et l'ouest à la classe entière, illustrés par les migrations au cours des siècles. Elle a positionné la frontière fictive de l'équateur comme une ceinture sur l'estomac repu de la Terre. Elle a soufflé le chaud et le froid à la traversée des continents, jusqu'aux pointes du globe : le pôle Nord et son immense épaisseur de glace, le pôle Sud avec sa couche glacée posée sur un socle rocheux.

Les filles l'ont écoutée distraitement : la plupart semblent atteintes du syndrome de la désorientation et les autres égarées dans leurs rêves de princesses. La voie de l'amour se passe de boussole !

À la récréation, les garçons me regardent d'un œil soupçonneux. Alors que notre île est depuis des siècles un point fixe stable et immuable dans l'océan, ils se demandent si je veux me faire bien voir du professeur ou si je cherche une direction pour m'en évader.

Le sens de l'orientation et la bonne appréhension des points cardinaux me semblent pourtant vitaux pour les semailles, la chasse et la pêche, les sorties en mer et tous les mouvements terrestres.

Avec Gwenaël, perchés sur les mâts de notre chêne, nous veillons à éjaculer dans le sens du vent pour éviter que notre semence juvénile ne nous revienne à la face, et en augmenter judicieusement la portée.

Je suis par contre plus embarrassé pour situer les individus lorsque mes parents affirment, sur un ton péremptoire, qu'un tel perd le Nord ou que tel autre est complètement à l'Ouest.

En ce temps de punition, le roman de Robert Louis Stevenson est bienvenu. Comment ne pas être captivé par l'aventure de Jim Hawkins, un garçon de quatorze ans embarqué sur l'Hispanolia, en Angleterre, à destination d'une île lointaine ?

D'après la carte dérobée dans la malle d'un vieux marin, un pirate a caché son trésor sur l'île en question : une terre humide et hostile, infestée par les fièvres. Dès son approche, l'équipage se divise entre les bons et les méchants. L'homme à la jambe de bois, Long John Silver, ne cache plus sa nature fourbe et fomente une révolte. Les flibustiers vont s'entretuer et tacher les pages de sang.

Le trésor existe bien, caché dans une grotte. Il regorge de monnaies à l'effigie des rois d'Europe, de pièces rondes, carrées, percées, et de lingots d'or. J'avais ressenti, sans pouvoir y mettre les mots précis, l'avidité malsaine des hommes exposés à la fièvre ravageuse de l'or.

A mon grand étonnement, j'avais lu ce livre en quelques jours. Les sentiments de Jim, garçon honnête et courageux, avaient laissé en moi une trainée purificatrice et un profond respect pour son attitude. Je n'en prendrai vraiment conscience qu'avec le recul.

Mais à ce moment-là, ma résolution est prise. Il me faut la confier à Pierrot et, pour cela, défier de nouveau l'interdiction de mon père. Ce que je fais dès le lendemain.

12

Fanch est bougon à table. Pendant le déjeuner, il a forcé sur la dose de vin rouge. Après le fromage, les joues écarlates et les yeux mi-clos, il sommeille sur sa chaise. Ma mère l'aide à se relever et le pousse vers la chambre.

Je tâte dans ma poche l'enveloppe préparée la veille. À l'intérieur : mon nom complet, mon âge et mon adresse. Occupée à la vaisselle, ma mère acquiesce lorsque je dis mon intention de rapporter le livre à Gwenaël.

En douce, je vais déterrer le coffret avec la pièce d'or, secouer la terre autour avant de m'éloigner à pied par le chemin. Je grimpe la côte en courant. Le parfum des bruyères flotte dans l'air. Des cris de mouettes rieuses perforent le ciel piqueté de nuages.

J'arrive essoufflé à la maisonnette de mon ami Pierrot. Intraitable dans son rôle de chien de garde, le coq s'est mis à chanter. Le chemin est désert à cette heure. Personne ne me voit me glisser dans l'antre du capitaine tant redouté alentour. Un monstre si généreux et attentionné que personne d'autre n'ose déranger !

De nouveau, il m'accueille sans poser de question. J'arpente le séjour. Dans un réflexe, je fais tourner le globe planétaire, comme si j'étais en quête d'une nouvelle destination. Le grincement du support évoque le vent, les vagues, l'effort, la réticence des éléments à toute intrusion dans la rotation du monde : un appel lugubre qui m'encourage dans ma démarche du moment. Tout autour, les bateaux sont au repos dans leurs cadres. L'ancre immobile pèse sur un angle de la pièce.

Je rends « L'île au trésor ». Le prêteur devine dans mon regard que l'aventure de Jim, apprenti marin confronté au danger, m'a bouleversé. Un peu contrarié aussi, car un partage équitable du trésor aurait évité la tuerie et abondamment récompensé tout l'équipage.

Lorsqu'il pousse devant moi la porte de sa chambre pour ranger le roman sur son étagère, je découvre hébété l'immense bibliothèque : un pan de mur recouvert d'ouvrages de toutes tailles et de toutes catégories, récents et anciens. Sans doute aussi des dictionnaires dont le savoir déborde du rangement : des obstacles sur lesquels on peut s'attarder, découvrir un mot, explorer un pays ou un métier. La curiosité m'aspire vers le mur calfeutré de pages, aux livres enchevêtrés en un immense puzzle.

Pierrot me présente sa collection de La Pléiade, des ouvrages aux reliures de cuir en pleine peau. Il a déjà remplacé « Les travailleurs de la mer » endommagé par son ancienne compagne : un volume double, appairé à « Notre-Dame de Paris ». Il ouvre devant moi l'exemplaire neuf et en fait défiler fièrement les pages en papier bible comme on bat des cartes neuves. Les champs dorés à l'or fin renvoient leurs éclats lumineux comme autant de lucioles aux ailes lourdes de cuir. Une pyramide de mots enrobée d'or se dresse sur le mur comme une forteresse : un trésor mural qui berce dans son hamac les rêves nocturnes du capitaine.

Tout en caressant l'œuvre de Victor Hugo, le marin amateur de beaux ouvrages me parle de l'éditeur, faiseur de livres : « Il préfère les moutons de Nouvelle Zélande élevés dans les pâturages sans barbelés. Leur peau n'a pas de blessures. Près de trente mille moutons par an vont habiller ses livres. »

Je fais une grimace en songeant à tous ces animaux transformés en couvertures, rangés en troupeaux sur les étagères. Il me semble même entendre leurs bêlements de détresse au fond de la bibliothèque, un cri de bête étouffé. Je détourne le regard et sors de la chambre. L'odeur enivrante du papier gonfle mes narines d'une envie insoutenable de lecture.

Dans un moment d'apaisement autour de la table, devant un verre de menthe à l'eau, Pierrot a remarqué le coffret que je tiens fermement sous le bras. Je ne tarde pas à lui exposer mon plan. J'ai besoin de son aide.

Mon idée est de le rendre à l'océan qui transportera encore plus loin une pièce de monnaie double royal d'or accompagnée de mes coordonnées. J'ai décidé de partager ma fortune de mer. Le déchirement mortel des flibustiers de l'île au trésor m'a révolté. Oui, la générosité et le partage me semblent plus méritoires que l'appât du gain !

Mais voilà, il faut rendre le coffret étanche et le relâcher au large, un jour de vent favorable.

Mon hôte approuve l'initiative. Il tapote ma petite main d'un geste complice : « Je m'en occupe, dit-il. On sait faire une enveloppe étanche dans la marine. Je connais un vieux pêcheur à Sauzon. Je lui confierai ton coffret pour qu'il le remette à l'eau le plus loin possible. Je lui dirai qu'il contient le cadeau d'un enfant en quête d'un correspondant, et qu'il confie ce présent aux courants favorables et au hasard. Le pêcheur a bon cœur. Il sera ravi de te rendre ce service. »

Je me réfrène de lui sauter au cou et de l'embrasser. J'ai pris une décision courageuse et je dois me comporter en homme, assumer mon acte avec panache. Une longue poignée de main conclut notre accord et je sors de la maison les doigts broyés.

Le croassement d'une corneille transperce la haie de bruyères tandis que, sur l'arrière de la maison, les poules caquettent pour repousser la menace.

Sur le chemin du retour, je marche d'un pas rapide. Bientôt, je butte sur un troupeau de moutons de retour de la lande brassée par les embruns, à l'ouest du plateau. J'avais déjà croisé le jeune berger à la mine sombre et aux cheveux longs, l'allure décidée. Lorsqu'il me voit, il siffle son chien, un malinois qui remet sans relâche les bêtes dans le droit chemin.

Le chien se rapproche de moi en aboyant, la langue pendante. Il me fait comprendre de le suivre. Je cours derrière lui tandis qu'il m'ouvre une brèche dans le troupeau que je fends en butant contre le flanc des animaux. Le frottement doux de la laine sur mes jambes nues m'aspire dans le courant.

Je me laisse bercer par les sonnailles, les odeurs fortes, les aboiements comme une si-rène de brume. Je flotte sur ces êtres de chair, porté par la houle de leurs dos en fuite. Mal-gré la sensation de vie inépuisable, je pense au destin tragique des moutons. Les hommes en veulent à leur laine, à leur peau, à leur viande. Le troupeau chemine dans l'insouciance, sous le regard bienveillant du berger. Les moutons ne savent rien de leur destinée. Leur inno-cence les protège. Certains d'entre eux finiront peut-être en couvertures de livres ! Mes pen-sées légères au départ deviennent plus dou-loureuses.

L'écueil franchi, je remercie le chien d'une rapide caresse tandis que le berger me fait un signe de la main. Je continue ma course sans me retourner, ma mission accomplie mais le cœur en émoi.

Entre les hommes et les bêtes, une incompréhension persiste. Un malentendu dont je ne sais pas dire, dans ma peau naïve d'adolescent, lesquels d'entre eux sont les plus à plaindre.

13

Pendant ces jours sans vélo, je passe davantage de temps avec les cochons. Je chausse mes bottes et je cours devant eux. Ils se prennent au jeu, me suivent en remuant la queue. Le plus petit coupe en diagonale pour me rejoindre avant les autres. Je puise alors une poignée de glands dans ma poche et le récompense. Il avale le tout en dodelinant de la tête. De ma main libre, je repousse les autres, prenant appui sur leur peau dure et leurs poils rêches. Ils grognent de colère, lèvent leur groin et montrent les dents.

La semaine de punition écoulée, mon père me rend mon vélo au petit matin, après la traite à l'étable. Il me regarde d'un air victorieux, comme s'il m'avait joué un bon tour. « Tu connais les restrictions.» me dit-il sur un ton arrogant. « Tu as mieux à faire que perdre ton temps à lire des histoires sans queue ni tête. À fréquenter un inconnu. C'est pas ça qui nourrira ta famille. » Je baisse la tête. Mes pensées se sont déjà évadées. Elles s'éloignent en roue libre alors que je regarde mon vélo à l'arrêt, prêt à servir ma cause.

La journée est longue, jalonnée de petites tâches à la ferme. Après avoir rangé les derniers outils et pris dans la cuisine une barre de chocolat noir et un bout de pain, j'enfourche mon vélo sans rien dire.

À la crête du vallon, la maison en pierre est étrangement calme. L'ombre grignote la façade. La Méhari sur l'arrière me rassure sur la présence de Pierrot. Il m'ouvre, la mine fatiguée, désabusé. Une bouteille de rhum à moitié vide sur la table, un verre à côté. Le regard bleu brouillé.

Alors que je l'imagine pareil au chêne dominant, inébranlable, le géant semble à la peine, les épaules tassées, le regard en berne. Il se force à sourire, comme si j'apportais un rayon de soleil imaginaire dans la pièce assombrie par les frondaisons des arbres en fin d'après-midi.

Je découvre la raison de son accablement : ses deux poules et son coq ont été mangés par d'autres bestioles, peut-être des fouines, ces petits animaux féroces qui pillent les poulaillers et dont la présence sur l'île est pourtant controversée.

Dans la basse-cour de sa maison isolée des autres habitations, les gallinacés étaient de fidèles compagnons. Il leur rendait visite plusieurs fois par jour : il leur parlait et déversait sans doute son trop-plein d'histoires en même temps que le grain et le pain rassis. Peut-être leur contait-il ses traversées maritimes aux commandes d'un navire marchand, ses expériences du troc en Afrique ou en Asie, ses exploits de capitaine aguerri ou encore ses sauvetages de marins en détresse.

Devant moi, il se sert un autre verre de rhum arrangé qui lui donne du courage. L'alcool ramène quelques étoiles dans ses yeux. Il relève de nouveau la tête, le front tendu, miné par les reproches. Il hésite à en dire plus. Il s'en prend à son prénom prédestiné qui lui vient de l'expression têtue de son visage, le front dur comme la pierre. Depuis sa naissance, il est entré en résistance. De manière inconsciente car sa survie était en jeu ! Pour la première fois, il me parle de ses origines. Il est né de père et de mère inconnus, abandonné en plein hiver devant un hôpital, enroulé dans une couverture.

Sa jeunesse durant, il a erré d'une famille d'accueil à l'autre, jusqu'à son adolescence difficile à Fougères. Il a laissé partout l'image d'une mauvaise plante qui pousse trop vive et inspire la méfiance, qui risque d'empoisonner la vie d'une famille. Sa puissance physique et son front de marbre en effraient plus d'un. Sur un coup de tête, il s'est enfui à l'âge de quatorze ans. À sa corpulence, on lui en donnait déjà dix-huit.

Il a embarqué clandestinement sur un cargo. Ainsi est née sa vocation de marin au long cours et d'aventurier sans frontières. Robuste comme un roc, il a parcouru le monde avant de se retirer à portée de notre ferme. Une chance pour moi. Un cadeau du ciel !

Il se sert un autre verre de l'alcool parfumé, d'un brun transparent et lumineux. « Du rhum blanc agricole des îles, me dit-il, mélangé à la vanille, la cannelle et la banane. »

Les bouteilles viennent de Martinique, m'at-il expliqué, d'une production artisanale. Elles restent longtemps enfouies dans le sol où leur breuvage macère. Elles portent en elles les bienfaits de la terre qui les a élevées dans l'obscurité, à température constante.

Tout en vantant la recette du rhum arrangé, Pierrot retrouve sa bonne humeur. Sa défaillance passagère n'est plus qu'un mauvais souvenir. Il prend soudain un ton plus sérieux. Je vois la peau épaisse de son visage s'assombrir, sa cicatrice sur la joue droite se creuser et son front se plisser.

« Mes poules ne sont pas mortes par hasard. » dit-il. Il me fixe, le regard transpercé d'un éclair de colère. Je reste décontenancé. La preuve tombe de sa bouche : « Le grillage du poulailler a été découpé proprement pendant la nuit. Les deux poules étranglées par une main d'homme. Le coq s'est enfui. Il a été rattrapé dans les buissons par des bêtes à l'affût. Il fallait voir le carnage. Il y avait des plumes partout. Et le pire c'est que je n'ai rien entendu. »

De nouveau, il garde le silence, sa face burinée de loup de mer plongée dans les regrets. Il vide son verre et serre fort les poings. La lumière déclinante du dehors tremblote sur ses lèvres. Je ressens comme lui un soupçon amer de culpabilité. Pierrot pour ne pas avoir su protéger ses bêtes, et moi en songeant au responsable du méfait qui habite notre île.

Avant mon départ avec un nouveau livre sous le bras, il me montre le fond du jardin où il a enterré les restes de ses animaux de compagnie sous une grosse pierre. Et la croix sommaire, deux bouts de bois assemblés, comme un pied de nez à la bêtise humaine.

À contempler son geste à leur mémoire et à conserver ainsi leur présence proche, le capitaine au grand cœur a retrouvé sa sérénité, et aussi sa grandeur à mes yeux.

14

Le soir-même, ma mère nous a régalés d'un kig-ha-farz, spécialité du Léon. Un plat consistant et convivial à base de jarret de bœuf et de porc, accompagné de choux, de navets, de carottes et d'oignons, ainsi que d'un far à la farine de blé noir : un plat traditionnel de Bretagne dont le fumet pénètre les narines et les entrailles, se répand lentement dans le corps et l'esprit. La cuisinière en a mis une portion de côté pour Yannick qui sera là demain.

Mon père s'est servi une deuxième assiettée. De temps à autres, il tourne vers moi un regard oblique. Il ne s'intéresse pas à ma dégustation du pot-au-feu régional, mais à mon humeur. Des idées désagréables me tourmentent encore. Je ne peux tenir plus longtemps ma langue : « Est-ce que vous savez que les poules du voisin Pierre Le Foll ont été tuées ? » Fanch saisit l'opportunité pour me piéger : « Comment tu sais ça toi ? Tu es retourné le voir. » dit-il le regard méchant braqué sur moi. Je prends mon temps pour répondre : « C'est Gwenaël qui me l'a dit. » Mon père a posé sa fourchette et son couteau. Il regarde ma mère, avale une gorgée de vin. Il est perplexe et sur ses gardes.

Il faut dire qu'à mon retour de la longère en deuil, je suis passé par le hangar où il range son outillage. J'ai remarqué un vide sur le mur devant l'établi, à l'emplacement habituel de la cisaille. Je me souviens aussi de la visite de Tijean, la veille au soir, après le dîner.

Les deux hommes ont parlé longtemps, devant une bouteille de calvados. De ma chambre, j'entendais leurs rires gras. Leurs paroles inaudibles flottaient dans le lointain. Le ton montait parfois comme un piaillement agressif, les gosiers échauffés par l'alcool. La rumeur rauque, désagréable de leurs échanges a duré longtemps. Je me suis endormi avec ce bruit de fond.

Ma mère a terminé sa maigre part de kig-ha-farz. Elle serre sa serviette entre les mains et me regarde, encore sceptique : « Qu'est-ce qu'il s'est passé dans son poulailler ? » J'ai débité les faits dans leur brutalité : « Ses deux poules et le coq ont été mangés par des fouines. » Après une courte inspiration, j'ajoute : « Le grillage du poulailler a été découpé pendant la nuit. » Mon père a baissé la tête et continué à manger en silence.

« Cet homme, dit ma mère, ne mérite pas un pareil acte de malveillance. Bien qu'il ne soit pas de chez nous, il faut le respecter. Il ne fait aucun mal. » Mon père l'a foudroyée du regard et s'est resservi du vin. « T'occupes pas du voisin toi non plus. » dit-il avec fermeté. « Nous avons assez à faire avec nos soucis à la maison. » Et puis il s'est adressé à moi sur un ton inhabituel, enjôleur : « Fiston, j'ai vu comment t'aimes t'occuper des bêtes. Les cochons te font même des joies, qu'il me semble. Les vaches meuglent quand tu les approches. Elles te saluent. Et tu es courageux. Tu apprends vite le métier. Je suis fier de ton travail. Alors ne perds pas de temps avec les livres et l'école qui t'amèneront à rien de bon et nourrissent pas son homme. Quand tu seras grand, tu travailleras avec moi. Et plus tard, tu prendras la suite. » Epuisé par sa longue tirade et les yeux au plafond, il semble déjà déguster sa retraite, un repos mérité, et se réjouir de son idée pour conserver la ferme dans la famille.

Un morceau de viande s'est bloqué dans ma bouche comme une écharde. J'ai cessé de mâcher. Je viens de recevoir un coup violent au moral, à mes rêves encore flous, à la perspective d'autres horizons à découvrir.

Au contact de Pierrot, notre belle terre d'accueil commence à me sembler étroite et limitée. Un porte-avions immobile, sans espoir de voyages ! Je ne veux pas m'enfermer dans ce nid douillet, entre des murs familiers et protecteurs. Je sais que les points cardinaux s'étendent bien au-delà des frontières de notre île. Mon frère a donné l'exemple. Tout à coup, mon père vient d'écraser du pied mes rêves.

Plus tard dans ma chambre, je ne trouve pas le sommeil. A treize ans, je n'arrive pas à concevoir que ma vie puisse s'arrêter à jamais aux bornes de notre propriété familiale, si fertile et accueillante soit-elle.

Sur notre île, nous sommes préparés au mauvais temps, à la privation temporaire de visibilité lorsque les nuages traînent entre nos pattes, aux bourrasques de vent qui donnent des coups de bélier insensés aux falaises et aux maisons. Mais nous savons que le beau temps finit toujours par revenir. Mon père a brutalement tiré un écran noir sur mon désir d'ailleurs encore imprécis. La douleur me serre la poitrine. J'ai pleuré longtemps avant de m'endormir.

L'arrivée de Yannick, vendredi soir, a eu un effet bénéfique. Il chasse la brume qui encombre mes pensées. Comme à son habitude, il est joyeux et débordant d'optimisme, heureux de retrouver les siens, et sans doute autant de vivre sa liberté loin de nous. « Je quitte la ville pour la tranquillité de la campagne. » se plaît-il à dire, un souhait parfois mis à mal par le débordement saisonnier des touristes.

Ma mère est aux petits soins pour l'aîné. Mon père gonfle le torse comme un pigeon ramier, fier de la réussite de sa progéniture. Yannick nous parle avec passion des meubles façonnés de ses mains depuis son dernier passage. Autant de nouvelles naissances qui respirent les essences du merisier, du châtaignier ou du chêne. Sa semence est au bout de ses doigts et de ses outils. Nul besoin de grimper dans un chêne pour démontrer sa virilité et ses prouesses. La bouche béante, Fanch boit ses paroles. Il essaie de visualiser les créations de l'ébéniste qui équipe les maisons bourgeoises de la région. Je vois dans son regard la lueur de son échec.

Je suis fier moi aussi de mon frère. Je l'envie. Ce week-end-là, j'ai passé de longs moments dans sa chambre, à le questionner. Comment vit-on sur le continent ? Dans une grande ville ? Est-ce que les gens ont aussi des cochons, des moutons ou des vaches ? Je m'accroche à ses réponses comme les berniques au rocher. Je respire sa liberté. Une bouffée d'air pur venue du continent court déjà dans mes veines. Mon intérêt soudain pour sa vie ailleurs ne semble pas l'intriguer, ni le troubler.

Je me demande alors si notre père s'est ouvert à Yannick de ses funestes projets à mon égard.

15

Nous sommes en août. La corvée des bêtes est toujours matinale, répétitive. Avant que les touristes ne préparent leurs équipements de plage, avec ma mère, nous avons déjà nourri le bétail et terminé la traite des vaches. Mon père prépare le tracteur et la remorque pour le ramassage des balles de foin à entreposer dans la grange. Après la corvée du matin et par habitude, ma mère me sert un bol de chocolat fumant dans lequel je trempe des tartines grillées, agrémentées de confiture de fraise.

Ce matin-là, assise en face de moi devant son bol de café, elle est songeuse à son tour. Elle me regarde d'un air accablé. Est-elle inquiète pour moi, pour mon devenir ? Je devine un mélange de mélancolie et d'amour dans ses yeux. J'ai envie de la tenir dans mes bras, de la rassurer. Je songe qu'elle pourrait être plus belle encore si elle prenait soin d'elle, malgré sa légère claudication : une fracture de la cheville gauche mal résorbée dans son enfance. Etait-ce pour cela qu'elle était partie d'un mauvais pied dans la vie et qu'elle était devenue une épouse soumise et corvéable ? Je ne dois pas la décevoir, à l'exemple de mon frère dont elle fière. Nous sommes sans doute ses bouées de sauvetage, une à chaque bras.

« Maman, je veux continuer mes études et aller sur le continent, comme Yannick. » dis-je soudain. Elle redresse le buste, peut-être davantage par fierté que par crainte que je ne m'oppose à la volonté paternelle. « Oui, dit-elle, puisque la scolarité est obligatoire jusqu'à seize ans. Il te faudra bien aller sur le continent, même si ça nous coûte. Nous ne sommes pas riches, tu sais. » Je la regarde avec tendresse. Je la sais capable de travailler encore plus dur pour m'offrir des études. Elle ajoute : « Tu apprendras un autre métier, même si un jour tu reviens t'occuper des bêtes. »

Sa remarque tombe comme un couperet : elle confirme en appel le jugement de mon père. Je détourne le regard vers les murs gris de la cuisine, vers la fenêtre où la lumière crue du matin découpe déjà les carreaux et m'invite à l'évasion, à commencer par celle de mes pensées. La tartine a glissé de ma main et flotte dans le bol. « On ne fait pas toujours ce que l'on veut dans la vie. » dit-elle, le sourire compatissant.

Comment ne pas la décevoir ? Je change de sujet : « Papa est injuste en m'interdisant de parler au voisin. C'est un brave homme. Il a voyagé, il connaît le monde comme personne. » Ma mère avait bien compris ma détermination à rencontrer Pierrot, quitte à braver l'interdit. Je cherche son soutien. Je reprends d'une voix gémissante : « Il est bon. J'apprends beaucoup de choses avec lui. Et il me fait aimer la lecture. » Soizic a posé les mains à plat sur la table. Les épaules affaissées, elle me regarde bien en face : « Je comprends que tu puisses apprécier cet homme et ses qualités. Mais il ne faut pas qu'il te mette des choses impossibles en tête. »

Avec le recul, je sais qu'elle voulait me protéger, réduire mon ardeur d'enfant prompt à être ébloui par le premier mirage qui passe, par des aventures qui n'existent que dans les livres. Je me sens alors abandonné par son excès de prudence qui abonde dans le sens de mon père. Mais je ne m'avoue pas vaincu et lui dis : « Et puis il est seul, pas aimé par nous, ni par les autres sur l'île. Ce n'est pas juste. »

Ma mère tend les mains et les pose sur les miennes, des mains chaudes et caressantes qui m'inspirent d'autres confidences : « Papa m'a dit un jour qu'il fallait s'en méfier parce qu'il recevait une dame de mauvaise vie, Cassandra. » À ces mots, elle se raidit et rougit un peu. Désemparée, elle me répond : « Je ne sais pas. Et ne parle pas comme ça de cette personne… Il n'est pas toujours seul. Je sais qu'une dame âgée, Marie-Jeanne, vient de Bangor une ou deux fois par semaine faire son ménage. Elle est courageuse à son âge : elle vient en mobylette. »

Ma mère soupire. Elle refuse de parler de Cassandra. « Finis ton chocolat, dit-elle, et va aider ton père à ranger le foin dans la grange. » Elle s'éloigne vers la cuisine.

La traite, la santé des bêtes, leur nourriture à prévoir, l'influence de la météo sur les cultures. Je me sens autant impliqué que mes parents. On doit rentrer le fourrage pour l'hiver. Le foin de nos prés, mais aussi des céréales et du maïs en ensilage. On engrange de la pulpe de betterave et de la paille de colza broyée pour choyer notre cheptel. Il nous faut de l'eau en quantité pour faire boire nos bêtes et les laver, pour nettoyer l'étable et la bauge commune et repousser un moment leurs odeurs fortes. Je pense alors au jeune berger qui déplace chaque jour ses moutons d'un champ à l'autre, qui aère son troupeau et lui offre de l'espace. Il pousse devant lui sa ferme ambulante, clôtures et barbelés remplacés par son chien. Il tisse sa laine par les chemins creux et nourrit ses animaux comme lui-même d'une sensation de liberté.

16

Sur la côte accueillante à l'est de l'île, la plage des Grands sables étire sa longue écharpe brune où les corps des baigneurs viennent s'enrouler, abandonner leurs empreintes et leur sueur. Avec Gwenaël, nous profitons du répit de l'après-déjeuner à la ferme pour frotter nos corps adolescents contre les vagues et nous mêler un moment aux touristes. Au loin, on distingue les hauts murs du fort qui borde la plage de la Biche. Plus au nord, on devine à peine le sillon fuyant du roulier qui file vers Quiberon avec son chargement de passagers et de véhicules, voué à tendre sans relâche l'indispensable cordon avec le continent.

Gwenaël nage comme un chien affolé : il frappe l'eau de ses longs bras, tandis que je m'applique à faire une brasse approximative. Je veille à ne pas être ridicule aux yeux des quelques familles de touristes essaimées sur la plage. Deux filles de notre âge, le torse bronzé, braquent souvent leurs regards vers nous. Je redoute de leur part un sourire moqueur.

Nous sommes des enfants laborieux de l'intérieur des terres et non pas des adeptes du farniente sur les plages, plus enclins à la discrétion qu'à l'exhibition de nos corps. Aussi, après nous être essuyés et rhabillés à la hâte,

nous avons repris nos vélos sans nous attarder.

De nouveau à notre aise dans les chemins
creux, Gwenaël regagne sa maison tandis que
je décide de prolonger ma sortie. Mon em-
pressement à grimper la côte n'est pas dicté
par la crainte d'enfreindre de nouveau
l'interdit, ni par le risque d'être repéré. La
modeste maison de pierre, que je connais
pourtant depuis ma première enfance, exerce
sur moi l'attrait d'un aimant. Je ressens un
besoin irrépressible de m'y réfugier, de revoir
Pierrot, d'entendre sa voix cordiale, de me
replonger dans son monde, de voyager par
l'enchantement de ses paroles et de franchir
sans m'en rendre compte les frontières invi-
sibles de l'île.

Une fois de plus, le capitaine au long cours
m'ouvre sa porte sans s'inquiéter d'une quel-
conque raison de ma visite, comme s'il
m'attendait au retour d'une promenade.

Sur la table de la cuisine, mon regard est
attiré par la présence d'un gâteau. Un far aux
pruneaux qui sort tout juste du four, aux contours bien dorés. Son odeur alléchante emplit
la pièce. Une bouteille de cidre est posée à
côté. Je ressens de la gêne. Peut-être attend-il
quelqu'un à l'heure du goûter. Je m'impose
sans prévenir !

Pierrot me fait asseoir. Il sort deux assiettes
et sert une part de far à chacun. Sans se sou-
cier de mon avis, il verse du cidre dans nos

verres et s'installe en face. « Tu sens la mer, me dit-il en souriant. Tu as besoin de reprendre des forces. »

Nous mangeons en silence. Je ne sais pas comment le remercier de son hospitalité sans arrière-pensée, de sa gentillesse naturelle.

Après quelques bouchées, il me dit : « Je vais te prêter un livre : le tour du monde en quatre-vingts jours. » Je ressens une sensation de vertige. À mon âge, je n'ai pas encore fait un tour complet de l'île et Pierrot me propose un tour du monde, dans un délai qui dépasse à peine celui de mes vacances d'été. Je rougis. Sa marque de confiance me flatte. La tâche me paraît démesurée, même après un far nourrissant.

L'air un peu perdu, je balaie du regard l'étendue de la salle : les aquarelles avec leurs bateaux impatients de sortir du cadre, l'ancre prête à s'extraire de sa léthargie et le globe terrestre à tourner manège. Tout m'invite à prendre le large, à me libérer de mes chaînes terrestres.

Ma gêne fait sourire Pierrot. Cherche-t-il à m'encourager au voyage, à me rassurer ? Il m'invite à grimper avec lui l'étroit escalier en bois qui mène au grenier.

On tient debout dans la majeure partie de la pièce nichée sous les combles. Le plancher court sur l'entière surface de la maison, sous son toit d'ardoises à double pente. L'épaisse charpente en bois en réduit par endroits l'accès. Une lumière crue tombe de la fenêtre découpée dans le toit, éclaire la poussière en suspension. Le grenier est pris dans un épais silence, une atmosphère étrange. En quelques marches, j'ai franchi la frontière de ma réalité quotidienne. Les malles en bois juxtaposées débordent d'affaires inhabituelles dans les granges de la région : une lampe de mouillage en laiton vieilli, un sextant à échelle, des jumelles de très longue vue, une boussole-compas.

Le sol est jonché de maquettes de bateaux, livres de marine et cartes de navigation. Une barre de gouvernail en acajou repose contre une traverse de charpente. Pierrot s'excuse du désordre. « Ce sont des souvenirs de voyage. Je n'ai pas encore pris le temps de ranger. » J'avais l'impression de marcher sur son passé, de découvrir ses « fortunes de grenier » échouées là pour toujours. Toute sa vie s'étale devant mes pas, sous un vernis de poussière improvisé gardien fragile de son univers mystérieux encastré là sous le toit. Je ressens l'impression diffuse d'un vaste nid en péril, à l'abandon.

Sous la lucarne découpée dans le ciel, un énorme appareil moderne attire mon attention. « Un télescope », me dit Pierrot avec fierté. « Un modèle très performant. » Ainsi, le tranquille retraité amoureux des livres lit aussi dans les étoiles, dans l'immensité de l'univers dont un nouveau chapitre s'ouvre chaque soir.

Désormais privé de navire et retiré dans sa longère paisible, il s'évade en douce par le toit et voyage librement dans le ciel, d'une constellation à l'autre. Il a encore élargi son territoire et je ne peux qu'être émerveillé par ma découverte. Alors que mon père traîne les pieds dans la gadoue, Pierrot a la tête dans les étoiles. Etrange destinée des êtres !

J'ai quitté mon hôte la voix éteinte, trop occupé par mes pensées. Ses dernières paroles se décantent au fur et à mesure que je m'éloigne : « Lorsque tu viendras me rapporter le livre, j'aurai une surprise à te montrer. » J'ai arraché mon vélo du fourré qui commençait à se l'approprier, les narines imprégnées de l'odeur forte du chèvrefeuille, tandis qu'un vent léger fait bruisser les arbres alentour.

Bientôt, les murs de la ferme remplissent l'horizon familier du chemin. J'accoste en territoire connu, un lieu confortable où le quotidien est sans surprise.

Dès mon arrivée, je cache le livre de Jules Verne sous mon matelas. Je lis le soir en cachette sous les draps, à la lumière d'une lampe torche, dans l'ignorance de mon père.

À l'heure du dîner, alors qu'une bonne odeur vient de la cuisine, celui-ci coupe le pain. Je sens son regard peser sur moi. « Toi, tu me sembles bizarre ce soir, dit-il. J'espère que t'es pas retourné chez ce drôle de voisin un peu foldingue. Si je te prends à lui parler, tu auras de mes nouvelles ! » Bien que je ne sache quasiment rien du passé de Pierrot, je ne veux pas croire à sa folie : il est différent, voilà tout !

De simples nourritures terrestres, un steak et des frites dans l'assiette de mon père, suffirent à détourner son attention. Je pense déjà au tour du monde que je vais faire au fond de mon lit, en compagnie du gentleman anglais Phileas Fogg et de son serviteur Jean Passepartout : un défi gigantesque pour moi, lecteur débutant et voyageur sans expérience, mais persuadé qu'à trois nous serons plus forts.

17

Le mois d'août s'épuise lentement. Le matin, parfois, je muscle mes petits bras en agitant la crème de lait dans la baratte, à mélanger énergiquement la graisse avec les molécules d'eau. Mon père verse lui-même le beurre frais dans les moules. Une partie sera vendue dans les villages et les hameaux alentour, le reste est pour notre consommation. À chaque passage, Yannick repart avec une motte dans sa besace. Le goût du beurre lui rappelle son enfance. Les odeurs de l'île lui reviennent en bouche.

Les occupations ne manquent pas au potager de la ferme. Dans le champ fraîchement labouré, j'ai semé la scarole et la mâche, puis les radis et les navets d'hiver. J'ai taillé les plants de potirons pour renforcer leur croissance. Ainsi passent les jours et la transhumance des cumulus dans un ciel voyageur. Mes vacances scolaires raccourcissent à vue d'œil.

Tout comme moi, Gwenaël ressent souvent un besoin d'évasion. Il me hèle depuis le chemin, en début d'après-midi. Sur la route du centre, nous avons roulé longtemps, le plus loin possible, jusqu'au petit port de Sauzon qui garde l'embouchure d'un aber profond. Un village de pêcheur aux façades colorées pareilles à des drapeaux ivres de liberté, le nez pointé vers le large. C'est là qu'un vieux pêcheur inconnu avait accompli une mission délicate : jeter très loin le coffret avec la pièce d'or, en prenant soin que les courants l'emportent au large des côtes bretonnes. Avait-il réussi ? Comment le savoir ?

Assis sur la margelle du port, nous dégustons chacun une glace. Les coques des bateaux remuent, se racontent leurs exploits, impatientes d'en découdre de nouveau avec l'océan. Un pêcheur lave le pont, ses filets entreposés sur le quai. Au loin, une longue barre bleue ferme l'horizon tandis qu'un halo de brume monte lentement vers le ciel.

J'interroge Gwenaël :

— Si tu trouvais un trésor, qu'est-ce que tu en ferais ?

— Quel genre de trésor ?

— Un vrai trésor, avec des lingots et des pièces d'or, de l'argent et des bijoux : un trésor de pirate quoi !

Gwenaël se lève et reste un moment immobile face au large. Il rêve les yeux grands ouverts, le regard débordant d'illusions. Il hoche la tête, se parle à lui-même, puis il reprend de sa voix grave :

— Si j'avais un trésor, je commencerais par faire des cadeaux autour de moi. Dès que possible, j'arrêterais l'école. J'achèterais une ferme et j'embaucherais de la main d'œuvre. J'ai entendu parler du métier de rentier, dit-il, un sourire béat au bord des lèvres.

Il réfléchit toujours. Le pêcheur remonte ses filets à bord, paré pour la prochaine sortie. Je souris en songeant que ses chances sont minces de ramener un trésor dans ses filets.

Gwenaël poursuit ses rêves de rentier.

— J'achèterais une petite maison de vacances sur le continent. Et puis je me marierais. Je prendrais une femme grande et gentille. Il faut d'abord que son odeur me plaise.

— Comment ça ? De quelle odeur tu parles ?

— Les femmes, c'est comme les bêtes. Chacune a son odeur, tout comme le cochon, le mouton ou la vache ont leur propre odeur. Tu dois le sentir quand tu les nettoies ou quand tu leur donnes à manger.

— Je ne pensais pas qu'une fille… dis-je.

— C'est mon cousin de Charente qui m'a prévenu.

Je porte alors sur lui un regard soupçonneux, méfiant des connaissances du cousin sur les femmes et l'amour.

— Tu verras plus tard. Faut pas se tromper car tu vas vivre, faire l'amour et dormir avec ta femme pendant longtemps. Si tu ne supportes pas son odeur, je te plains.

Après la glace, nous repartons d'un pas vigoureux jusqu'à nos vélos et les mains vides, abandonnant sur le quai toute idée de trésor.

Pour avoir suffisamment reniflé les pièces de mon coffret avant de m'en séparer, je peux seulement dire que l'or n'a pas d'odeur.

18

J'ai été patient avant de revoir mon ami Pierrot, au moins pour deux raisons : endormir la vigilance de mon père et faire deux fois « le tour du monde en quatre-vingts jours » au fond de mon lit. J'ai relu une seconde fois le livre envoûtant de Jules Verne.

J'use souvent du prétexte d'une promenade à vélo avec Gwenaël pour rendre visite au magicien des voyages dans les océans et dans l'espace. Au sommet de la côte, la tache de pierres que fait de loin la masure sous les arbres m'attire comme une balise. Elle est la porte d'entrée d'un nouveau monde où l'imaginaire règne en maître. Un jardin insolite, fertile en découvertes.

L'échange de livres devient une sorte de mot de passe entre nous. À force de concentration et de volonté, je prends peu à peu goût à la lecture. Ma mère a compris mon manège et mon camouflage pour lire. Elle le tolère sans me dénoncer.

Je suis arrivé chez Pierrot avec le même enthousiasme qu'à ma précédente visite, sans remarquer un changement de taille : la surprise qu'il m'avait annoncée. Cette fois, au lieu de me faire entrer, il me prend par l'épaule et me conduit vers l'arrière de la maison. Le poulailler est méconnaissable, bardé de grilles métalliques au maillage serré, dou-

blé d'un grillage extérieur à quelques centi-
mètres de la première protection.

Pierrot m'a alors présenté sa nouvelle famille : un coq majestueux baptisé Gargantua,
et trois nouvelles poules à la crête rouge vif.
L'une blanche, qu'il appelle Céphalonie,
l'autre rousse, Itaque, et la troisième, Cythère,
de couleur grise. Il est fier de ses gallinacés. Il
leur parle déjà comme à de vieilles com-
pagnes, sous l'œil vigilant du coq au bec acé-
ré. Ainsi flottent librement dans leur univers
au maillage de fer trois îles ioniennes bien
emplumées, sous l'œil autoritaire d'une créa-
ture de François Rabelais.

Leur histoire commence à peine, mais ces
volailles peuvent être fières de vivre avec un
homme au cœur généreux. Il les récompense
au passage de quelques poignées de maïs.

Sur l'arrière de la longère, l'ombre de fin
d'après-midi prépare sa couche. Je remarque
une anomalie dans le jardin potager, vers la
lisière du terrain. Les plants de tomates sont
couchés au sol.

— On dirait que le vent a fait tomber tes
plants ? dis-je.

— Non, quelqu'un est venu les piétiner
pendant la nuit. J'ai trouvé des traces de pas
au petit matin.

Une fois de plus, je suis consterné par l'acte
de malveillance, sans doute commis par un
résident de l'île dont je fais partie. Je sais les
gens capables d'amitié, de confiance, de soli-

darité dans l'épreuve. Je pense à la réputation injuste que Pierrot porte sur ses larges épaules. Comment le mal peut-il s'infiltrer ainsi dans les esprits et y prendre racine comme la mauvaise herbe ?

Nous nous sommes retirés en silence dans la maison. Pierrot me tend une grappe de raisins. Alors que les grains juteux éclatent dans ma bouche, il me parle du vieux pêcheur de Sauzon. L'homme a jeté mon coffret très loin au large comme promis, et mon offrande doit à l'heure qu'il est voguer vers le grand Sud, vers l'inconnu. Je suis rassuré. Je déguste le raisin, un sourire juteux au coin des lèvres.

Le regard bleu serein du magicien des lieux paraît lui aussi s'éloigner et dériver sur un océan lointain. Il me semble que tout le bleu du ciel et de la mer est rentré dans ses yeux. Et les images nouvelles que Pierrot reçoit doivent lutter pour se faire une place et ne pas être englouties dans les profondeurs de son regard. L'homme rumine des souvenirs. Certains débordent enfin de sa bouche jusqu'à mes oreilles curieuses.

Dans l'Océan indien, raconte-t-il, l'archipel des Seychelles c'est plus d'une centaine d'îles, dont celles en granit où les pirates se réfugient et viennent parfois cacher leur trésor. Passés les récifs coralliens, leurs côtes rocheuses ou de sable blanc sont accueillantes. L'étape est mise à profit pour soigner les blessés. L'abondance de bois est une aubaine pour réparer les coques et les mâts endommagés. Pendant ce temps, les hommes se nourrissent de tortues géantes et de fruits sauvages.

J'imagine volontiers ces îles aux épaules de granit, petites et grandes, qui naviguent en escadrille au large de l'Afrique orientale. Sur leurs vaisseaux, des pirates armés jusqu'aux dents et requinqués, l'étendard noir hissé dans le vent. Ils repartent ensemble vers de nouvelles conquêtes. Pierrot m'impressionne lorsqu'il déclare, sur un ton naturel, avoir rencontré des pirates. Mais il n'en dit pas plus.

Malgré le respect que j'ai pour lui, il ferait piètre figure aujourd'hui avec son nouvel équipage de gallinacés, pensai-je.

Dans son refuge hors du temps, j'en oublie l'heure. L'ombre recouvre déjà le chemin lorsque je referme la porte derrière moi, un nouveau livre sous le bras. Je m'en vais sous le caquètement joyeux des poules et leur aubade inattendue, la tête repue d'histoires incroyables qui alimenteront mes rêves de navigation au long cours et de trésors.

19

L'évènement qui devait changer mon rythme de vie arriva : la rentrée scolaire. Ma dernière année au collège. Je vais reprendre la route de Palais.

Depuis nos terres, Le Palais c'est déjà la grande ville pour un adolescent de l'intérieur. Il représente le point faible de l'île, sa blessure par laquelle se déversent touristes et plaisanciers. C'est aussi le symbole de l'autorité des professeurs.

Je ne réalise pas, à cette époque, tout ce que l'Histoire nous enseigne sur sa citadelle Vauban à l'entrée du port et ses hautes murailles fortifiées qui impressionnent visiteurs et résidents. Une forteresse nommée : « Le cuirassé de l'Atlantique ». Par contre, j'avais retenu de vagues échos sur le bagne pour enfants à Palais et son passé encore récent : une colonie pénitentiaire rude où l'on avait enfermé des centaines d'enfants mineurs délinquants. Vêtus d'une blouse et le crâne rasé, ils vivaient en cellules, sans confort et mal nourris, victimes de sévères représailles. Lors d'une rébellion, en 1934, cinquante-cinq d'entre eux s'évadèrent et se dispersèrent sur l'île, avant d'être repris. Le bagne a fermé en 1977.

En passant le long du bâtiment gris désaffecté, il me semble entendre résonner des cris et des menaces qui font froid dans le dos. Une crainte diffuse qui m'invite au respect des lois de la République, pour autant que j'en connaisse.

Le Palais, c'est la ville, le port, l'autorité, le commerce, l'éducation, mais aussi une porte ouverte sur le continent, vers l'avenir. Une lueur d'espérance à portée de bateau.

Au collège, je vais retrouver mes copains, leur complicité. Je suis prêt à m'investir dans les études, avec en ligne de mire une destination floue et incertaine : le lycée.

Jusqu'ici la bibliothèque commune est restée un lieu étranger, infranchissable. Oserai-je cette fois en pousser la porte ou continuer à me réfugier dans la bibliothèque privée de Pierrot dont je suis le seul abonné ?

En ce début septembre, affublé d'une nouvelle tenue et d'un cartable neuf, je fais ma rentrée en même temps que Gwenaël dont les résolutions sont plus nuancées. Il se plaint déjà des mathématiques et du français, deux matières qu'il déteste, qui lui rongent la cervelle, dit-il, comme des rats lâchés dans un grenier. Pour s'en débarrasser, il lui arrive de rêver qu'il donne de la « mort aux rats » aux professeurs.

Dès la première semaine de cours, la mèche du trimestre est bien allumée. Je suis enthousiaste. J'ai les mains moins sales et je sens bon. Ma mère m'a acheté de l'eau de toilette à la lavande. Même les cochons ne me reconnaissent pas la première fois.

J'ai hâte de raconter mes débuts à Pierrot, le seul qui peut vraiment comprendre ma passion naissante pour les études, la lecture et la connaissance.

Le chemin familier file vers la pente, vers le réceptacle de mes espoirs : la longère bariolée de lierre, dans sa tentative de camouflage ou de simple discrétion.

Alors que j'approche, la présence d'une voiture devant la maison freine mon élan. Pierrot a de la visite. Impossible de partager mon impatience avec des inconnus. Et mon père en sera aussitôt informé. La voiture de couleur bleu marine porte une inscription en lettres blanches : Gendarmerie.

Le cœur battant, je quitte le chemin et m'enfonce dans la végétation. Je m'approche sans bruit derrière une épaisse haie de ronces, à l'opposé de la longère pour ne pas être vu. Personne dans la voiture ni près de l'entrée.

J'attends patiemment accroupi dans l'herbe. Le calme encercle l'habitation. Contrarié, je m'occupe en mangeant les mûres sauvages à ma portée, des baies noires et charnues. Une grosse mouche verte se met à tourner autour de moi. Je finis par m'écorcher la main en la repoussant brusquement. Le temps ne passe pas. Il me prend soudain des coliques. Je dois m'éloigner un moment pour me soulager. Je m'essuie avec les feuilles d'arbustes à ma portée.

Cette tâche bleu marine qui barre l'accès à la maisonnette gâche ma fin de semaine. Aucun bruit ne vient du poulailler sur l'arrière. J'imagine le coq et les poules tapis dans l'ombre de leurs niches, en attente comme moi du départ des intrus. Enfin, deux gendarmes sortent, raides dans leur uniforme et l'air grave. L'un d'eux porte une sacoche usée. Ils saluent Pierrot qui reste un moment immobile sur le pas de sa porte, tel un pantin sans vie, avant de se replier à l'intérieur.

Ma curiosité l'emporte. Je fais en vitesse le tour du rempart de ronces et ne prends pas la peine de camoufler mon vélo. Lorsque Pierrot m'ouvre, il a de nouveau un visage serein et accueillant, comme si rien ne s'était passé.

Je reprends ma place habituelle à la table. Il me sert un jus d'orange. Je lui dis aussitôt que je suis au courant de la visite des gendarmes. Il voit ma mine inquiète.

— Rien de grave, dit-il. Ils enquêtent sur le cambriolage, la nuit dernière, d'une maison de vacances inoccupée, sur l'autre versant de ta ferme.

Il marque un arrêt et ajoute, tout en retournant à la cuisine : « Quelqu'un m'aurait vu rôder hier soir, à la tombée de la nuit, autour de cette maison. »

Je serre les poings et réplique :

— Je suppose que ce n'est pas vrai.

— Bien entendu, je n'ai pas quitté ma maison, ni hier soir ni pendant la nuit.

Il revient s'asseoir en haussant les épaules, prenant à la légère l'accusation sournoise colportée contre lui. Je remarque à cet instant sa cicatrice sur la joue droite qui semble dessiner un étrange point d'interrogation.

Notre complicité reprend très vite le dessus. Pierrot m'interroge sur ma première semaine au collège. Et tout redevient comme avant, comme si l'on ne s'était jamais quitté.

20

Les stratus traînent leurs guêtres parmi les cimes des arbres. Ce dimanche matin, on ne voit pas l'extrémité de nos champs. Les bêtes sont énervées à l'approche de la grande marée.

J'ai mal dormi. Le cambriolage me tracasse, tout d'abord la présence de voleurs dans notre voisinage puis l'accusation portée contre Pierrot. Les gendarmes n'ont pas dévoilé le nom du soi-disant témoin de son maraudage.

Je surveille les réactions de mon père, au petit-déjeuner puis à l'étable. Fidèle à son habitude, il reste silencieux, taciturne. Je ne parle pas davantage, contrarié par la mise en cause du voisin. Mon expression butée doit laisser transpirer ma colère intérieure.

La veille, il avait écouté distraitement les réponses à ma mère sur mes impressions au collège : l'ambiance, les nouveaux élèves, les professeurs. Mes études ne l'intéressent guère. Elles ne me préparent pas pour le rôle auquel il me destine. Pour lui, savoir lire et compter suffit. Le reste est superflu : des mots et du vent, une perte de temps et d'énergie. Il se contente d'un savoir-faire appris sur le tas, avec la bêche et au cul des bêtes, dévoué à la tâche depuis son plus jeune âge. C'est comme cela que son propre père l'avait éduqué et qu'il avait appris le métier.

Face à la rudesse de son comportement et à son mutisme, ma mère s'efforce de maintenir la paix dans le foyer. Elle atténue les humeurs autour d'elle. Son affection pour chacun d'entre nous et sa compassion naturelle l'empêchent de prendre ouvertement parti dans les moments de conflit.

Samedi, je prétexte auprès d'elle ma promesse à Gwenaël de l'aider à faire un devoir de mathématiques et je m'éloigne avant sa réponse. Dans la lumière blafarde du matin, je pédale avec hargne et l'effort me soulage.

À mon arrivée, la basse-cour est en joie. Les poules picorent bruyamment et le coq se dandine autour d'elles, auréolé de son panache de séducteur. La vie a repris son cours normal autour de la longère.

Ainsi rassuré, je suis plus détendu lorsque Pierrot m'ouvre son antre à l'atmosphère encore tiède de la nuit, parmi une odeur dominante de café. Il paraît apaisé, moins troublé que moi par les soupçons de cambriolage : une accusation insensée.

Sur le plan matériel, le capitaine n'a besoin de rien, surtout pas de s'approprier les biens d'autrui. Non, il n'est pas de la race des cambrioleurs. Son gîte est bondé de souvenirs, de livres et d'images de bateaux, de voyages maritimes qui suffisent à son bonheur quotidien. Il peut naviguer en lui-même à volonté, retrouver les odeurs et les sensations du large, des pays lointains où il a imprimé ses traces. Il peut surmonter les tempêtes de la mémoire, revivre sa passion autant qu'il le désire, explorer les dédales du ciel.

Une question me taraude et finit par m'échapper : « Comment tu fais pour vivre seul ? » Il sourit, se penche vers moi : « Je n'ai jamais connu mes parents », dit-il en baissant la voix. « J'ai grandi dans la solitude et c'est la solitude qui m'a aidé à grandir. » Il me regarde avec tendresse : « Et puis, tu es là. Je peux compter sur ton amitié. » Je rougis. Il reprend : « J'ai quelques connaissances et relations dans les ports et je les rencontre lorsque je voyage un peu. Ici, c'est vrai, on ne m'aime guère. Sauf Marie-Jeanne qui vient faire mon ménage. Il y a aussi Cassandra, une amie de Locmaria. Elle vient me voir régulièrement. Et puis j'ai tous les jours la compagnie de Gargantua, de Céphalonie, Itaque et Cythère. Je pourrais presque dire que j'ai une famille nombreuse. » dit-il en riant.

Je suis traversé d'une pensée coupable : j'aurais peut-être ma place dans cette famille composite, ce que je regrette aussitôt en pensant à ma mère, à mon frère et même à mon père. Ils ne méritent pas que je les trahisse.

Ainsi mis en confiance, les mots sortent sans retenue de ma bouche : « On dit du mal de Cassandra, de sa vie. » Pierrot se cambre un instant, puis continue sur le même ton nuancé de la confidence :

« La rencontre avec Cassandra, c'est comme un cadeau. Je me promenais au crépuscule le long de la plage de Port Blanc, vers la pointe d'Arzic. J'étais ébloui par les magnifiques couleurs sur l'horizon. Alors que je contemplais leurs reflets sur le miroir de l'océan, elle m'est apparue parmi les rochers, elle-même à la recherche de ces couleurs apaisantes, au moment où le soleil sombre mollement dans l'océan comme de l'or en fusion. Pour moi, c'était une sorte d'apparition féérique, surgie des eaux et porteuse d'espoir. Aussitôt, nous avons parlé de la beauté de la nature, de choses et d'autres. Elle venait de s'installer à Locmaria. Elle arrivait de Paris où elle avait vécu de ses charmes. Il faut dire qu'elle n'en manquait pas ! Une grande femme brune, encore chancelante de fatigue, ballotée par la vie qui l'avait renvoyée vers ces récifs. »

Pierrot lève les yeux. Il revit, c'est sûr, la scène de leur rencontre. Puis il poursuit : « Elle habite une petite maison vétuste qu'un ancien client parisien lui avait cédée pour presque rien. Elle a choisi l'endroit pour se retirer. C'est comme une bouffée d'air frais après avoir longtemps étouffé sous le poids des hommes qui sentaient la sueur et la grossièreté. Au fil de nos rencontres, on s'est trouvé beaucoup de points communs. Sa mère avait divorcé lorsqu'elle était très jeune, pour vivre avec un autre homme. Son beau-père l'avait violée alors qu'elle avait ton âge. À quatorze ans, elle avait fui le foyer pour la capitale. Elle a vécu longtemps dans la clandestinité à cause de son jeune âge, sans plus aucun contact avec sa famille, comme une orpheline.»

Pierrot se lève, fier de m'avoir présenté Cassandra sous son meilleur éclairage. Il ramène de la cuisine un gros pain d'épices aux noisettes et sert une large tranche à chacun, accompagnée d'une bolée de cidre.

« Depuis ce temps », dit-il enfin, « on se rencontre régulièrement. On s'apprécie. Elle vient le soir chez moi et on discute longtemps tout en buvant du rhum arrangé. Nous faisons un bout de route ensemble. Chacun garde sa liberté. »

21

Le samedi suivant, sous un ciel apaisé de fin d'après-midi, je reviens guilleret d'une rencontre avec Pierrot. Un livre de Jack London dans mon veston, je rentre en sifflotant, tout en décrivant des courbes à vélo sur le chemin pour faire durer le plaisir.

Mon père est sur le seuil de la porte. Je range mon vélo et m'approche de l'entrée. Il sort de derrière son dos une tige de bambou et frappe avec force sur mes avant-bras. Sa face est rouge de colère : « Je t'avais prévenu de plus aller chez ce type ! »

Je me fraie un chemin en le bousculant et rejoins ma chambre en vitesse. L'horloge frappe en même temps les coups de six heures : un son lugubre qui résonne longtemps dans ma tête. Au passage, j'ai reçu un violent coup de bambou au bas de la nuque dont l'empreinte restera incrustée plusieurs jours. Comment avait-il su d'où je venais ? Gwenaël est complaisant : il me sert souvent d'alibi. Cette fois-ci, je n'avais pas eu le temps de réagir, ni de fournir la moindre excuse. Le mensonge n'est pas la plus flatteuse de mes qualités, mais lorsque la cause le mérite, je m'en sers, comme tout le monde.

Retranché dans ma chambre à l'étage, je ne suis pas descendu dîner. Aux appels répétés de ma mère, je réponds que je ne me sens pas très bien. Je n'ai pas faim, je préfère me reposer.

La nuit est tourmentée. Mes pensées vagabondent, incapables de se concentrer sur la lecture. J'envisage plusieurs solutions. L'une me séduit par son côté radical : quitter le domicile et m'embarquer sur un navire marchand, comme Pierrot l'avait fait très jeune. Aucun doute qu'avec ses conseils et les lectures dont j'ai profité, j'en sais déjà plus que lui au même âge. Je me sens fort et déterminé, l'esprit vaguement conquérant. Je m'imagine déjà en partance sur un bateau à la recherche d'un trésor, d'un monticule de pièces et de lingots d'or, de bijoux et de pierres précieuses. Il en reste tant à découvrir de par le monde.

Des premières pièces d'or que l'océan m'a offertes je n'ai pas su profiter. Elles étaient une sorte d'appât, un appel à tenter ma chance. Je vis au bord de l'océan, ce déversoir de richesses. Je n'avais jamais mesuré tout ce qu'il peut m'offrir. En comparaison, la ferme n'est qu'une minuscule bouée de sauvetage à laquelle je risque de rester accroché toute ma vie si je n'y prends pas garde. J'ai autour de moi les exemples de mon père et de Pierrot : entre les deux mon choix est vite fait.

Je me débats longtemps avec des idées de fuite entrecoupées de moments de renoncement lorsque je pense à ma mère, à sa souffrance si je l'abandonne. Je pense aussi à mon frère, à mes études auxquelles je tiens, à Gwenaël et encore à Pierrot que je ne reverrais plus.

J'ai tourné et me suis retourné longtemps dans mon lit. Au cours de cette séance d'essorage, des larmes souillent mon oreiller. Je finis par m'endormir d'épuisement.

Au petit matin, tenaillé par la faim et la mine triste, je descends à la cuisine. Mon père est sorti, occupé aux tâches matinales. Cela m'évite de confronter ma mauvaise humeur à d'autres reproches. Ma mère m'a préparé sur la table un petit déjeuner copieux.

Elle s'affaire déjà en cuisine, au repas du midi. Elle s'approche et vient s'asseoir auprès de moi. Elle m'embrasse sur les tempes, me caresse la nuque. « Est-ce que tu as dormi ? » dit-elle avec douceur. Je n'arrive pas à maîtriser mon émotion. Pris de convulsions, de fines gouttes tombent de mes yeux dans le bol de chocolat. Je suis incapable d'articuler des mots. Elle m'entoure de ses bras :

« Ce n'est rien. » dit-elle. « Ton père s'est un peu emporté. Il pense que c'est pour ton bien. Il veut te protéger. »

Je voudrais lui demander son avis, mais les mots ne sortent toujours pas. Ma bouche est paralysée. À cet instant, j'ai envie de disparaître tellement la honte m'envahit. J'avale mon pain tartiné de beurre salé et de confiture de fraises : les meilleures, celles de Plougastel. Je fais diversion en mangeant, mais je reste muet, borné, à l'image de mon père.

Décidément, je n'ai pas encore l'étoffe d'un aventurier ni d'un marin au long cours, encore moins celle d'un pirate. Je ne parviens pas à franchir le premier obstacle dressé par mon père. J'ai encore besoin d'apprendre et de grandir.

Je sors penaud de la maison. Le soleil du matin brûle mes yeux fatigués. Je distingue mon tortionnaire en haut du champ, en grande conversation avec Tijean, près du tracteur. Avec l'argent de la pièce d'or, il a remplacé le moteur. Depuis, mon père parade avec son bijou restauré qui ne brille pas mais remplit bien sa fonction, sans ne plus vivre dans l'angoisse de la panne.

Instinctivement, je rentre dans la soue à cochons. Je patauge avec eux qui se montrent surpris de ma visite. Ils ont déjà reçu leur pitance matinale : ils sont repus. Leurs grognements expriment une sorte de contentement face à l'intérêt que je leur porte. Je caresse longuement leur couenne et leurs poils drus. Je serre dans mes bras le petit cochon en lui parlant à l'oreille : « Je regrette mon projet de fuite. » lui dis-je. Je ne voulais pas les abandonner eux aussi. Ils ne le méritent pas. Et le petit cochon hoche la tête, compréhensif. Puis il me renifle avec son groin épais. Il semble plein de compassion, touché par mon témoignage.

22

Les hautes vagues viennent frapper dure-ment les falaises de la côte sauvage. Le vent fait plier les arbres. Il s'infiltre avec un sifflement crispant par les interstices des maisons, des volets, des lucarnes, des portes et par les cheminées. On est début novembre. L'avis de tempête a fait cesser toute activité maritime. Plusieurs jours durant, les gens restent calfeutrés chez eux tandis que l'île semble dériver comme un bateau ivre.

Dans la nuit de vendredi à samedi, le vent est tombé brusquement. Malgré la forte houle, le trafic maritime reprend dès le matin. Avec un peu de retard, Yannick peut enfin nous rejoindre.

Il débarque du roulier, chargé d'un colis presque de ma taille. Un emballage de carton bien ficelé qui aurait résisté à l'épreuve du mauvais temps. Il tenait à être là pour fêter mon anniversaire prévu la veille et reporté d'un jour. Ainsi, la famille est de nouveau réunie.

Ma mère a préparé un gigot de mouton, l'un des plats préférés de Yannick, et un gros gâteau au chocolat dont je raffole. La cuisinière si attentive se réjouit de nous voir heureux et détendus. Et mon père a puisé dans sa cave une vieille bouteille d'un premier cru de Saint-Emilion. Chacun y trouve son compte.

Au déjeuner, Yannick nous parle comme à chaque fois de sa vie à Vannes, des derniers meubles accouchés de ses mains. La face illuminée et la bouche entrouverte, Fanch boit ses paroles, mélangées au Saint-Emilion.

Soizic intervient d'une façon inattendue : « J'aimerais bien que tu penses aussi à fonder une famille. » dit-elle brusquement. Yannick la tance du regard. « J'ai encore le temps. On ne fait pas une famille comme on fait un meuble. Il s'agit de choisir une personne avec laquelle on s'engage pour la vie. »

J'écoute leurs échanges avec curiosité, espérant tirer quelques enseignements de leurs réflexions d'adultes. Mon frère est réservé sur sa vie privée, en amateur d'expériences amoureuses sans lendemains, alors que ma mère est impatiente de cajoler un bébé, fille ou garçon, jumeaux ou triplet. Yannick mène sa vie à sa manière, tendance abeille butineuse.

C'est mon anniversaire. J'aborde ce moment convivial l'esprit libéré, joyeux. Je pardonne tout à ma famille, mon père inclus.

Quatorze ans ! Un cap important à mes yeux. J'en suis fier et stimulé, impatient de choisir ma propre route, mes nouvelles étapes. J'ai déjà bien assimilé les axes géographiques, positionné les points cardinaux, élargi ma vision au-delà des limites terrestres de l'île. Je suis prêt pour de nouvelles découvertes. Je me plais à penser que si un jour je deviens parent de jumelles aux tempéraments opposés, je les appellerai Paule-Nord et Paule-Sud. Pour des jumeaux, ce seraient aussi des Paul magnétiques. Une idée plus ambitieuse que Bâbord et Tribord !

Lorsque Yannick me demande d'ouvrir le grand carton ramené de la ville, je suis surpris. Accaparé par leurs échanges, j'avais oublié l'étrange colis que je fends avec mon opinel.

J'en sors un beau meuble d'un brun patiné, aux contours arrondis et doux. Une table de nuit en merisier, le cerisier des oiseaux, l'arbre généreux aux fleurs blanches, précise Yannick. Les tiroirs glissent sans bruit, comme la cage d'une horloge qui s'ouvre à l'heure exacte où l'oiseau se met à chanter. Je l'imagine battant des ailes dans un panache de pétales blancs. Ce meuble va garnir ma chambre ! Un cadeau de ma famille, fabriqué par mon frère. Plus tard, il me montrera le tiroir à double fond qu'il m'a prévu, où cacher mes secrets.

Le merisier sacrifié va revivre dans ma chambre, sans ses floraisons de printemps. Il trônera à mes côtés, en fidèle gardien du sommeil, prenant soin de mes vêtements bien rangés dans les creux de son tronc patiné.

Le bois précieux des arbres nous accompagne de sa présence, dans les campagnes et les jardins, dans les salons et les chambres, ou encore dans la cheminée pour un dernier sacrifice. Il est partout présent à nos côtés. Les livres aussi lui doivent d'exister. L'écrivain est un ébéniste à sa manière, m'avait dit un jour Pierrot : il grave les mots sur le papier comme il le ferait sur les feuilles ou le tronc d'un arbre et il avait ajouté : « À mon âge, je grimpe encore aux arbres en sautant d'une page à l'autre, en équilibre sur le balancier de ses feuilles reliées. »

Le livre est une forme aplanie de l'arbre. On peut toucher sa trame douce, la caresser, la sentir. Les feuilles imprimées sont des paroles descendues tout droit de ses frondaisons pour nous conter la vie et les histoires du monde et leurs mots sont des fruits pour notre imagination.

Une table de nuit ! Etrange appellation pour un meuble que l'on apprécie davantage, dans toute sa splendeur, sous la lumière flatteuse du jour et que l'on pourrait aussi nommer « veilleur de nuit ».

Ce meuble tombé de l'arbre m'appartient. Il me met déjà du baume au cœur et sa sève nouvelle coule dans mes veines. Il me donne l'envie de bâtir tout autour de lui, pourquoi pas une famille plus tard. Nous grandirons ensemble, nous affronterons les années et leurs intempéries. Il m'infuse de la force, de l'ardeur, l'appétit de vivre tout simplement.

J'ai tendu mon verre pour quémander un peu de vin. À ma grande surprise, mon père m'a servi. Je bois sans hésiter, puis je fais le tour de la table pour les embrasser tous, comblé par leur générosité.

23

Après mon anniversaire, vers le milieu de la semaine, un évènement inattendu bouscule de nouveau ma tranquillité d'adolescent. Le froid commence à inonder les vallons et les bêtes se tiennent plus serrées, en quête de chaleur.

Au retour du collège, ma mère me tend une enveloppe qu'elle a gardée dans son tablier, hors de la vue de mon père. La lettre est bien pour moi, annotée à la main d'une écriture fine et fragile qui semble pouvoir s'effacer à tout moment.

Je suis arrivé avec l'intention de me mettre sans tarder aux devoirs scolaires du soir. Je tiens à réserver du temps pour lire en cachette le récit d'aventure de l'américain Herman Melville, prêté par Pierrot : l'épopée du jeune marin Ismaël sur la baleinière du capitaine Achad, à la poursuite de la redoutable baleine blanche « Moby Dick ». Un roman féroce qui me prend aux tripes.

Avais-je déjà reçu un jour une lettre à mon nom ? Je n'en ai pas la moindre souvenance. En m'éloignant du sourire malicieux de ma mère, je tiens l'enveloppe longue et blanche du bout des doigts. En quelques enjambées, je rejoins ma chambre. Allongé sur mon lit et le cœur en transe, je découvre l'adresse mentionnée au verso. J'ouvre la lettre.

Elle m'est adressée par Héloïse Sanchez, depuis Hendaye, autant dire depuis un autre versant du monde inconnu de moi.

« Cher Joss,

Je te tutoie comme un ami, bien que je ne te connaisse pas. J'espère que tu me l'autorises.

J'ai douze ans et demi. J'habite Hendaye, une ville du département des Pyrénées-Atlantiques au pays basque français, limitrophe avec l'Espagne.

Dimanche dernier, avec mon père Hector et mon caniche Noisette, nous nous promenions sur la plage, dans la baie de Loya. Il faisait très beau. Noisette courait en liberté. Elle disparut dans les rochers humides, recouverts d'algues. De là, elle aboyait après quelque chose. Je me suis approchée et j'ai découvert un coffret en bois bien enveloppé. Quelle ne fut pas ma surprise de trouver à l'intérieur une belle pièce de monnaie couleur or, ainsi que ton nom et ton adresse !

Je ne sais pas comment te remercier de ce présent qui me touche. Tu peux déjà être assuré de mon amitié et de ma reconnaissance.

Ce don venu de la mer en ton nom a changé mon dimanche. Sur le trajet du retour à la maison, j'ai demandé à mon père de m'arrêter à la chapelle Sainte-Anne où je vais souvent prier avec mes parents et j'y ai fait un vœu... »

La lettre d'Héloïse qui fait tressauter mon cœur de joie est encore longue, bien écrite par la main d'une enfant cultivée. Elle se présente comme une petite fille sage et sérieuse, aux longs cheveux bruns et aux yeux marron clair. Elle aime la danse, la lecture et l'équitation, et elle est bonne élève.

J'essaie de l'imaginer, sans doute plus petite que moi, cela va de soi. Le visage fin sur un corps frêle, peut-être rêveuse et certainement pieuse. Elle ne donne pas de détails sur ses parents, hormis que son père est huissier de Justice, une profession encore imprécise dans mon esprit. Déjà, le mot Justice m'effraie. Lorsqu'elle découvrira que la pièce ancienne est en or pur, est-ce que son père n'aura pas des doutes sur son origine ? Est-ce une pièce volée dans un musée ou chez un riche particulier ? À quel trafic je me livre ? Et pourquoi me débarrasser d'une telle pièce d'or si je n'ai rien à me reprocher ?

Mon air réjoui, mes joues chaudes et rouges au début de la lettre cèdent place à une inquiétude qui ternit ce moment de bonheur : ma pièce d'or avait atteint une cible au-delà de mes espérances, une cible trop élevée !

J'envisage quand même de lui répondre, de m'expliquer sur mon geste, sur la réalité de la « fortune de mer ». La qualité de sa lettre, la rigueur de son orthographe m'imposent d'être au niveau quant au contenu et à la tournure de mes phrases, de traquer les fautes. Je ne peux pas faire corriger ma prose par Gwenaël, encore moins par ma mère qui me demandera des comptes sur la pièce d'or. J'imagine la colère de mon père s'il apprend ce gâchis : Jeter de l'or à la mer !

Auprès de mes parents, j'invente l'excuse d'une correspondante de classe pour expliquer l'échange épistolaire, sans dévoiler sa teneur et je bénis Yannick d'avoir prévu en secret un double fond de tiroir à ma table de nuit !

Pour ma missive à écrire, il me reste encore l'espoir d'une aide et des conseils de Pierrot, le seul à pouvoir vraiment me comprendre.

24

L'impatience est perceptible dans mes gestes. Et le même sujet occupe mes pensées depuis quelques jours. Après de nombreux essais au brouillon, j'ai enfin rédigé une réponse à Héloïse, en évitant les phrases longues dont je perds facilement le contrôle. Je prends soin de brûler chaque jour mes brouillons à l'orée du bois. Je regarde mes paroles maladroites s'envoler en fumée, mes premiers signaux intimes pour une inconnue qui grandit dans un lieu ignoré. Elle aura treize ans le mois suivant, début décembre, m'annonce-t-elle avec fierté dans sa longue lettre.

Elle prépare déjà sa fête d'anniversaire, entourée de sa famille et de ses amies. Elle a reçu mon offrande comme un porte-bonheur qui ouvre le passage à sa treizième année : un couronnement et l'amorce d'une adolescence heureuse. Je lui écris davantage de choses sur moi, sur mes goûts et ma volonté de réussir mes études, et cette introspection m'a fait du bien. Une autre fois, je lui parlerai de l'ami précieux qui conseille mes lectures, un être d'exception comme l'on en rencontre parfois dans les livres.

Nécessité oblige, j'ai de nouveau défié l'interdiction parentale. Les poules ont senti ma présence et mon excitation bien avant que j'accoste la maisonnette. Elles chantent à s'égosiller avant même que je ne cogne à la porte. Est-ce un chant de bienvenue ou simplement l'annonce de leur ponte, ou encore pour encourager la confession que je viens faire dans cette chapelle de l'amitié ?

À peine installé dans la salle, je raconte à Pierrot tout ce qu'il m'arrive. Les mots s'embrouillent dans ma bouche. Après tout, en m'aidant à remettre le précieux coffret à la mer, il était devenu mon confident et mon complice. Il m'écoute d'un air détendu, complaisant : il sourit dans sa barbe. Il n'y a plus d'écart d'âge entre nous, il est capable de me comprendre. Il acquiesce par d'énigmatiques hochements de tête.

Le visage impassible, il relit plusieurs fois ma lettre. Elle semble ridicule entre ses grosses mains velues. Il pourrait l'écraser d'un simple froissement des doigts, plier les phrases comme des brindilles, broyer ma missive comme la glycine avait maltraité la barrière métallique derrière son logis, puis la jeter dans la cheminée. Tout comme ma lettre, je me sens minuscule devant ce géant de chair et d'expérience.

Finalement, il me conseille d'adoucir deux phrases qu'il juge maladroites : des retouches mineures. Je suis soulagé et heureux. Je bois goulument deux bolées de cidre en dégustant ses crêpes garnies de caramel au beurre salé.

Je l'aurais volontiers serré dans mes bras malgré sa taille démesurée, tellement la joie bouillonne dans mes veines : elle irradie mon front et mes joues. Dans le petit miroir mural d'en face, je peux voir mes yeux briller comme deux pépites qui s'extraient d'une longue nuit de tourments, deux minuscules levers de soleil annonciateurs de beau temps.

Je me sens repu mais l'esprit dégagé. « Je te félicite » me dit Pierrot. « Ta destinée est entre tes mains. Tu es sur la bonne voie du bonheur. » Puis il penche la tête au-dessus de la table, la mine assombrie. Il ajoute : « Profite, car le bonheur, je l'ai cherché toute ma vie sans le trouver. Tu as bien de la chance. Pour toi, il a pris naissance dans l'entourage familial et il continue son chemin à tes côtés. Ne le laisse pas t'échapper, malgré ton jeune âge. » Il hésite un peu et me dit encore : « J'avais déjà raté ce premier rendez-vous de la famille et le suivant ne s'est jamais produit. » Son air triste me trouble. Je fais un signe de tête amical pour lui montrer que je suis à l'écoute. Je voudrais lui dire : je peux tout entendre et être ton confident. Je n'ose pas.

Son visage s'ouvre de nouveau, inondé d'un halo de lumière et de douceur : son regard déborde de mélancolie. Je devine son envie de parler, de partager.

« Je vais t'expliquer pourquoi je suis ici, isolé dans cette maison sur une île qui me dresse encore des barricades. Bien que chacun soit sa propre île qu'il peut déplacer au gré de ses envies ou de ses contraintes, comme des graines qui germent ou qui meurent ici et là. Au cours de mes campagnes de marin, j'ai fait halte dans un grand nombre de ports. Ceux de Bretagne et de Normandie m'attiraient plus que d'autres. On y parle beaucoup dans les bars et les tavernes de la pluie et du beau temps, des mauvais coups comme des bons, de nos expériences en mer et des gens. De nos rencontres diverses, surtout après quelques chopes de bière, quelques verres de vin ou de calvados. »

Pierrot engloutit plusieurs bouffées d'air comme s'il suffoquait à l'évocation de tous ces bistrots enfumés et bruyants. Sans doute pour se donner le temps et trouver les mots justes, ceux que l'on peut dire sans heurter un enfant qui n'a rien connu de tout cela, qui ne peut pas imaginer l'extravagance et la violence du monde des adultes.

« En réalité, je cherchais, dit-il, des traces de ma mère. » Alors que je m'abstiens de tout commentaire, je me rends compte que j'étouffe moi aussi. Je cherche ma respiration. Je reste immobile, guettant la suite : « Bien entendu, sa disparition remonte à ma naissance. Mais à force d'enquêtes et de recoupements, j'en étais arrivé à la conviction qu'elle avait dû vivre sur cette île, comme employée de maison dans une famille bourgeoise. »

Je me retiens à ma chaise. La révélation me coupe de nouveau le souffle : la mère de Pierrot est-elle une îlienne qui vivrait parmi nous ? Ou est-elle morte ou bien disparue - son fils a déjà 64 ans - ! Je l'ai peut-être croisée dans un chemin ou sur la route, dans un hameau ou à Palais. J'aurais tant aimé chercher avec lui : être utile.

Je ne sais pas quoi dire ni que faire. Il a vu mon désarroi. Il réagit : « Ne t'inquiète pas. J'ai fait presque tous les registres d'état civil et les archives des mairies, y compris de l'hôpital. Je n'ai trouvé aucune trace d'une déclaration de naissance qui correspondrait à la mienne ni celle d'un décès dont les origines et le passé pourraient m'aider à l'identifier. La tâche est ardue car je ne connais ni son prénom, ni son nom de famille. Le mien est celui d'une famille d'adoption. »

Après chaque déception, il se ressaisit, comme il l'a sans doute fait tout au long de sa vie, toujours seul face aux épreuves dans les pays lointains comme sur les océans.

« Si la confiance régnait, me dit-il, je pourrais interroger toutes les personnes âgées. Elles ont pu la connaître ou en entendre parler. Vois-tu, je n'ai pas assez de courage pour ça. J'ai quand même gardé des contacts dans les ports, des sentinelles de confiance que je récompenserai si l'une d'elles retrouvait une trace plus précise de ma mère. »

J'entrevois enfin un moyen d'aider Pierrot dans sa démarche sur notre île, lui qui m'a tant appris et tant donné depuis notre rencontre fortuite autour de quelques grappes de pouces-pieds. Mais voilà, je ne sais pas comment m'y prendre.

25

Au collège Sainte-Croix, nous étions dans la même classe avec Gwenaël. Sa présence à mes côtés, à chaque récréation et à la cantine, est une évidence. Nous sommes inséparables depuis l'école primaire, conscients qu'il s'agit de notre dernière année commune. Il a choisi de suivre des études agricoles. Son avenir est dans l'élevage et la culture maraîchère, la traite des vaches, le labour des champs, les semailles, le désherbage, la moisson, la fenaison, et l'éternel recommencement au rythme des saisons. Un moyen respectable de gagner sa vie, en piétinant et remuant sans cesse la même terre. Je prenais conscience que mes aspirations m'entraînaient ailleurs, contre l'avis de mon père.

Gwenaël me montre avec insistance une fille dans la cour. Elle n'est pas dans notre classe. C'est une nouvelle qui vient du continent, avec sa famille récemment installée à Palais. Elle se démarque par sa beauté. Mon camarade ne parvient pas à détourner son regard de celle qui se pavane avec malice, prend des pauses aguichantes.

« Tu ne m'écoutes pas. » me dit-il. « Depuis quelques temps, je te trouve distrait. On dirait que tu es ailleurs, dans tes rêves. » Sans doute a-t-il raison. Je dors mal et je rêve beaucoup. Est-ce contradictoire ? J'ai tout de même tourné les yeux quelques instants vers cette fille comblée par la nature, au sourire carnassier, sans qu'elle ne retienne plus qu'une autre mon attention. Je suis rassuré pour Gwenaël : il ne semble pas influencé par les penchants pervers prêtés à son cousin Ursule.

« J'ai besoin de me renseigner sur le pays basque. » dis-je brusquement. Gwenaël paraît décontenancé. Les bras ballants, il me répond : « Qu'est-ce que tu racontes ? Il est où ce pays ? »

Au même moment, la sonnerie du collège retentit, m'épargnant une explication. J'ai envisagé de questionner notre professeure de géographie, une femme hautaine au faciès sévère. Je redoute qu'elle ne se moque de moi et me demande la raison de mon intérêt soudain pour cette région si éloignée de notre programme et de nos préoccupations insulaires.

Finalement, j'opte pour la documentation de la bibliothèque. J'en suis arrivé à la conclusion que, pour un échange épistolaire sérieux et crédible avec Héloïse, je dois connaître son lieu de vie, sa région et les habitudes de la population. Nous avons déjà un point en commun : la côte atlantique, les mêmes vagues obstinées et leurs embruns gonflés de sel, les odeurs dominantes du goémon, les cris désordonnés des mouettes et des goélands, le vent pugnace et ses sautes d'humeur, son harcèlement têtu contre le relief de nos côtes. Par contre, je passerai sous silence le grand chêne depuis lequel, avec mon complice Gwenaël, nous inondons généreusement la terre, jusqu'à épuiser nos réserves séminales.

Dans les pages savantes de l'encyclopédie, le pays basque est la terre du peuple autochtone des Basques. Sa langue d'origine est pré indo-européenne, donc mystérieuse. Son territoire recouvre le sud-ouest de la France et le nord de l'Espagne, depuis sa position au sud-est de notre île. Les points cardinaux savent aussi être déroutants ! Et je suis bien peu avancé sur le mode de vie des habitants d'une région basque à la charnière des deux pays, un territoire planté comme un coin dans les côtes de ces contrées voisines et de langue différente. Par chance, Héloïse s'exprime dans un français parfait, ce qui me rassure.

Après les cours, je rentre chez moi avec un nouveau livre : « L'étranger » de Camus, une lecture imposée par le collège et que je devrai résumer. Un fruit de plus dans ma corbeille de lecture déjà garnie.

L'air sec et venté sur le chemin du retour, après une journée studieuse, m'a ouvert l'appétit. Ma mère, toujours prévenante, a mis sur la table un pain de campagne et ouvert une boîte de pâté de lièvre. J'ai laissé mon cartable à l'entrée et déposé « L'étranger » à part, sur le premier meuble venu.

La nuit plaque lentement ses ombres, avant même que je n'aie fini mon goûter. J'entends mon père, après la traite du soir, secouer ses sabots contre les marches. Puis l'odeur forte des bêtes qu'il transporte rentre avec lui dans la salle à manger.

Dès l'entrée, il marque une pose devant le livre qui dérange l'ordre habituel de la maison, un lieu où le papier imprimé finit logiquement dans la cheminée.

« Ce livre, me dit-il sur un ton dédaigneux, il parle de l'étranger qui habite en haut du chemin ? C'est lui qui te l'a donné ? » Un morceau de pain en travers de la gorge, j'ai failli m'étouffer avant de me reprendre : « C'est un livre imposé par le collège, pour le cours de français. Tous les élèves de la classe doivent lire le même et en faire un résumé. »

Fanch remue la tête en geste de désapprobation. Il se pose en bout de table, tranche un gros morceau de pain qu'il recouvre de pâté. Puis il mâche sa tranche avec appétit.

« Quel temps perdu, dit-il tout à coup en ruminant. Mon pauvre paternel a fait des études jusqu'au certificat qu'il a réussi haut la main à ses quatorze ans. De sa vie, il a lu un seul livre, de Victor Hugo je crois. » Tout en mastiquant son pain, il demande à ma mère la bouteille de vin rouge commencée à midi, puis il revient à la charge : « Un seul livre excellent ! Ça lui a suffi. Il aurait pu être déçu par d'autres livres. Non, il est resté sur sa bonne impression. Ça l'a pas empêché d'avoir une vie bien pleine. Trop de livres, ça fait perdre la tête.»

Il s'est ensuite évadé dans ses pensées, sans doute empêtré dans les souvenirs de mon grand-père disparu alors que je n'avais que trois ans. Je perçois les mouvements silencieux de ses lèvres, comme s'il était en conversation avec lui. Lui rend-il des comptes ? Sa tranche de pain avalée, il referme l'opinel essuyé sur sa manche et vide son verre. La bonne nourriture terrestre repousse pour un temps les réminiscences du passé.

Je regarde ses mains, ses doigts boudinés couverts d'écorchures et de cicatrices, ses ongles engorgés de crasse. J'imagine les rainures sombres au creux des paumes, la peau noircie et tannée par endroits. Est-ce avec ces mains qu'il caresse ma mère dans leur intimité ? Je me refuse d'imaginer la scène. Puis je regarde mes mains lisses et nettes. Tout au long de l'année scolaire, je m'applique à nettoyer mes ongles, à garder les mains propres et intactes. Je m'attache à ce qu'elles ne m'imposent pas un avenir tracé d'avance dans leurs lignes crasseuses.

26

Par le sentier de traverse sur l'arrière de la maison, je me dirige vers le creux du vallon. Un geai semble me précéder dans les arbres avec son chant aigu et ses éclats de lumière bleue. Voulait-il m'ouvrir la voie ? J'ai besoin de marcher, d'arpenter les marges de nos terres, de sentir les odeurs du sous-bois, le vent dans les cheveux. Un sentiment de liberté et de solitude qui me stimule le sang.

J'ai reçu la veille une deuxième lettre d'Héloïse. Elle me remercie encore, loue ma gentillesse, ma chance de vivre sur une belle et grande île. Héloïse est désormais une lumière qui brille dans le lointain, dans une ville frontalière de la côte atlantique. Elle aussi veille sur moi. J'occupe une place dans ses pensées. Une réalité qui me soulève. J'existe pour une fille cultivée et frêle, d'un milieu éloigné du mien. Je suis impatient de mieux la connaître. Je n'ose pas lui réclamer une photo. Elle ferait de même et me mettrait dans l'embarras.

Tout en cheminant, j'atteins le chemin principal, une sorte de limite que je ne compte pas franchir. J'allais faire demi-tour lorsqu'un bruit de moteur titille mes tympans. Du virage surgit la Méhari orange que je connais bien. Je fais un signe. Pierrot freine. Il ouvre la portière du côté passager : « Monte avec moi, dit-il, l'air pressé. » Il rentre chez lui. Je remarque deux pneus empilés à l'arrière.

À peine assis à ses côtés, j'ai le sentiment que le visage tendu du conducteur se relâche tout à coup. Malgré sa barbe en désordre et sa casquette enfoncée sur le crane, je le sens soulagé par ma présence à ses côtés.

Nous n'avons que cinq cents mètres à faire. Aussitôt la Méhari garée, le vieux marin m'emmène saluer Gargantua et ses poules. Celles-ci se dandinent sous le regard candide de leur Casanova de basse-cour. Une fine couche de plumes dans un recoin du poulailler laisse présumer de récents ébats. Et il me vient à l'esprit que Pierrot et Cassandra peuvent s'accoupler parfois derrière le rideau de pierres, partager leurs élans amoureux ou une prestation tarifée. Mais je ne parviens pas à concrétiser leur accouplement, tellement leur relation a dans mon imaginaire un côté irréel.

Pierrot avait ajouté des coquilles d'huitres broyées à la pitance de ses poules, une façon de consolider celles des œufs et de donner à ceux-ci un léger goût d'océan. Ainsi, le bleu profond du large pourra se fondre en douce avec le jaune et le blanc de leur recette magique.

Après un moment passé avec tous ceux qui comptent pour lui, le maître des lieux finit par m'entraîner à l'intérieur.

Les dernières nouvelles que je lui donne d'Héloïse ajoutent à son humeur joviale. Mais une question trouble les eaux calmes de notre échange : « Qu'est-ce tu vas faire avec ces pneus ? » dis-je. « Je vais les jeter. Ils sont fichus, déchirés sur le flanc. » Il n'a guère envie d'en dire plus. Sous l'insistance de mon regard, il lâche la vérité : « Hier, je me suis rendu au village voisin. J'achète des légumes chez un producteur local. J'avais garé ma voiture dans une petite rue tranquille, le temps de faire mes courses. À mon retour, j'ai trouvé les deux pneus avant lacérés au couteau. Le dépanneur m'a mis des roues provisoires. Avant de t'embarquer sur le chemin, je venais de récupérer mes roues équipées de pneus neufs. »

Il se tient debout, les bras le long du corps, résigné devant le sort et impuissant face à la méchanceté humaine. Il n'avait pas jugé bon de déposer une plainte à la Gendarmerie. Je ne trouve pas les mots pour qualifier ce sabotage qui me fait honte. Le village en question est celui où Tijean va faire son tiercé et boire son canon de vin blanc. Il habite à proximité. Peut-être a-t-il vu ou entendu quelque chose à propos de l'incident ?

« Ce n'est rien. Un simple souci matériel déjà réparé. Ainsi je vais rouler avec des pneus neufs. C'est bon pour la sécurité », reprit-il en riant. Je me force à sourire. Puis nous avons parlé de mes lectures. J'ai commencé le roman : « L'étranger » qui me transporte en Algérie. Un nouveau pays à découvrir. Pierrot connaît bien l'histoire et l'attitude singulière de Meursault, le personnage principal qui enterre sa mère et vit dans l'indifférence aux autres, avare de sentiments.

Avec ma boulimie nouvelle de lecture, je me réjouis par avance de pouvoir lui emprunter encore d'autres livres, comme des fruits défendus à déguster, et de suivre ses conseils. Enfin une religion simple qui me procure du bien-être, qui élève mon esprit sans le conditionner !

« Plus tard, ajoute Pierrot, je te ferai découvrir des pays encore plus éloignés. Ils sont nichés au fin fond du ciel. » Il se rassoit et prend un air sérieux, les yeux grands ouverts. « Tu as vu mon télescope là-haut. C'est mon passeport ou plutôt ma clé pour explorer ces pays lointains » Il montre du doigt le grenier puis, d'un geste évasif vers le plafond, il désigne la galaxie et ses innombrables étoiles qui brillent au-dessus de nos têtes.

« Les étoiles ont longtemps été mes meilleures balises de navigation sur les océans, mes guides à distance. La nuit, elles me montraient la voie en silence, celle de la sagesse. Elles corrigeaient ma route déviée par les vents et les courants marins. Je m'appuyais sur elles en confiance, sans les connaître, par habitude. Aujourd'hui, je les découvre vraiment. Je regarde la marche des constellations, j'observe les éclats différents de ces poinçonneuses du ciel, j'écoute leur respiration céleste.

Je les ausculte de loin, lorsque la luminosité du grand ciel de Bretagne veut bien ouvrir les portes de son jardin infini. Dans l'espace intersidéral, on ne triche pas. On n'assassine pas des poules, on ne détruit pas les jardins maraîchers, on ne crève pas les pneus, on ne ment pas. On avance à visage découvert. Les télescopes sont des yeux grossissants qui observent et voient tout. Ils détectent les déplacements et les actes inappropriés. » Pierrot avait serré les poings. Il revenait sur terre. Un zeste de colère avait giclé de sa bouche, mais il eut tôt fait de se reprendre, d'élever son propos et de poursuivre son pèlerinage vers les hauteurs étoilées, vers la paix et la vérité.

Une poussière stellaire flotte de nouveau dans son regard apaisé. J'ai compris que c'est là-haut, dans l'intimité de son grenier, qu'il s'évade et continue de naviguer dans de nouvelles dimensions, loin de la terre et de la vilenie des hommes.

Il tapote doucement mes mains, comme pour s'excuser de son emportement. Puis il m'emmène jusqu'à sa bibliothèque où il m'offre un livre ancien, édition rare du roman de Jack London : « L'appel de la forêt ».

« C'est un cadeau. » dit-il. « Prends-en soin. Tu le rangeras dans ta future bibliothèque. Bien plus tard, cette belle histoire d'amitié entre l'homme et le chien te rappellera peut-être les temps heureux de nos conversations. »

27

Le temps glissait sur moi avec la tranquille indifférence des nuages. Les contrôles scolaires de fin d'année, mon application à résumer le roman d'Albert Camus, ma réponse à la deuxième lettre d'Héloïse, les coups de main à la ferme, tout cela dévorait mes journées et précipitait le calendrier vers les vacances de Noël.

J'en avais négligé Pierrot et sa volaille joyeuse. Il m'avait annoncé une absence de quelques jours. Des affaires à régler sur le continent. Marie-Jeanne prendrait soin du poulailler et récupèrerait les œufs. Est-ce qu'ils auraient désormais la forme d'une huître ? J'attendrai les vacances pour prendre des nouvelles.

Yannick arrive avant Noël, les bras chargés de paquets. Des cadeaux à mettre au pied du sapin. Je suis surpris par sa joie de retrouver la famille et sa chambre. Il dit venir se reposer après une période de travail intense : des commandes à livrer dans l'urgence avant les fêtes.

Je l'imagine qui s'active dans une volée de copeaux, la poussière du bois et l'odeur enivrante du noyer, du merisier, du chêne, ou encore du pin et du hêtre, à découper, râper et poncer, patiner la matière avec délicatesse, façonner et assembler mortaises, tenons et queues d'aronde, la précision dans l'œil et dans les gestes. J'envie son rôle de créateur. Il livre du plaisir aux acheteurs. Il produit utile.

Je veux croire aussi qu'un ébéniste doit savoir lire dans un meuble comme dans un livre, définir la nature et l'âge du bois, interpréter ses nervures et ses couleurs, vibrer à son aspect, à son odeur, apprécier son toucher, lui parler avec tendresse.

À l'écart des parents, Yannick me glisse une enveloppe. Je sors discrètement l'ouvrir. J'en déplie une page entière du grand journal quotidien qui inonde de ses nouvelles l'ouest du pays. Un article traite d'un fait divers étonnant. Je m'assois à même le sol, en appui contre le mur de la grange. La brise chahute la feuille légère entre mes mains pendant que j'en prends connaissance.

À Saint-Malo, un individu sans domicile fixe qui vit dans un recoin des fortifications de la ville a fait une découverte surprenante. À la marée montante, alors qu'il urinait dans l'eau depuis un rocher comme à son habitude, il vit flotter une boîte bien emballée. Elle contenait deux grosses pièces de monnaie en or frappées à l'effigie du roi Philippe VI, identiques à celles que j'avais recueillies au pied de la falaise, sur la côte sauvage de l'île. Un cadeau de Noël inespéré pour l'homme maigre et voûté, à la mine ahurie sur la photo. Une sorte de pantin non rasé, revêtu de guenilles.

Je reste longtemps interloqué, en communion avec ce pauvre bougre touché par la grâce de l'océan. Une association l'a pris en charge et mis au chaud dans un petit appartement.

Entre ses mains bannies par la société, l'or lui offre une nouvelle opportunité : reprendre sa place parmi le peuple et manger à sa faim. L'article me réconforte et j'ai envie de crier ma joie auprès des miens, de leur dire que nous avons eu tous deux la même chance. Puis je me ravise : je n'ai remis qu'une pièce d'or à mon père. Yannick ne m'a pas fait de remarque en me remettant l'enveloppe. La ressemblance entre les situations l'avait sans doute interpelé. Je comprends mieux sa discrétion à l'égard de nos parents.

J'examine de nouveau le visage maigre de l'heureux élu que les pièces d'or ont sauvé de sa vie naufragée en marge de l'océan et de la ville et protégé du rejet de ses semblables. L'effet de surprise dissipé ainsi que le flot de compassion qui a noyé mon cerveau, je poursuis ma lecture.

Le journaliste a mené l'enquête au-delà des frontières, à la recherche de cas semblables et du généreux donateur. Ses soupçons portent sur un flibustier irlandais, un chercheur d'épaves qui s'est vanté d'avoir débusqué un trésor. Il vit en solitaire dans le nord de l'Irlande et sans aucune descendance connue.

Selon la rumeur, l'homme distribue ses ca-gnottes au gré des courants marins.

On l'aurait repéré à la Chaussée des Géants, ces grandes orgues aux tubes de pierre dressées à la pointe nord de l'Irlande : là où les vents et les tempêtes viennent faire leurs gammes. Leurs aiguilles de basalte aux formes géométriques ont cinquante millions d'années. Elles se hissent par endroits jusqu'à douze mètres de haut. Les piliers gigan-tesques se regroupent sous une épaisse cara-pace d'écailles noires. On peut les voir alors s'enfoncer dans l'océan Atlantique, entrainés dans un concert sous-marin.

Le vieux baroudeur irlandais aux poches bourrées d'or et d'argent aurait été aperçu s'avançant le plus loin possible à marée basse, et saupoudrant de pièces d'or les vagues éblouies de soleil et poussées par les courants favorables.

Au retour de son enquête au pays des fées, des mythes et des légendes, le journaliste re-connaît manquer encore de preuves irréfu-tables sur l'origine des pièces échouées à Saint-Malo. Seule certitude partagée par tous : l'embryon de trésor rend sa dignité à un brave homme en perdition.

Je presse la page du journal contre ma poi-trine. L'article me remplit le cœur d'espoir. Et dans mes yeux, je vois nos deux coffrets déri-ver au large, portés par les vents du nord, puis trois, quatre, et enfin une multitude, une flottille de coffrets chargés d'or en marche sur l'océan, vers leurs élus de hasard. Avec ces pièces, chacun pourra commencer un puzzle et construire l'image qu'il se fait de son propre bonheur.

Je reste longtemps assis à rêvasser. La voix inquiète de ma mère me sort de ma torpeur.

28

Yannick est reparti vers le continent avant que l'année n'épuise la totalité de ses jours, avec la promesse de m'inviter chez lui à Vannes, aux vacances de printemps. Un cadeau inespéré : le voyage dans une ville que je ne connais pas, vers son lieu de vie et ses secrets d'homme. Dans la conquête de l'indépendance, mon frère est un exemple à portée de main.

En attendant, j'ai décidé, quoi qu'il m'en coûte, de continuer à braver les interdits de mon père, malgré la menace des coups de bambou, des privations de vélo et de sorties. Impossible de ne pas retourner chez Pierrot, un îlot de bonté et d'évasion dont je ne peux plus me passer, une pépite incrustée sur le dos de notre grande île assoupie qui attire tant de touristes en manque de fantaisie. Continuer de le rencontrer est un acte naturel, indispensable. Sa présence non loin de la ferme me rassure et m'encourage, stimule ma volonté.

Avant de lui rendre de nouveau visite, je prends le temps de lire son livre-cadeau : « L'appel de la forêt », l'aventure de Buck, un chien domestique enlevé à son maître, juge en Californie, et revendu comme chien de traîneau pour la ruée vers l'or en Alaska, à la fin des années 1800. Il est alors confronté aux grands froids, à la cruauté des hommes, à la férocité des bêtes et la lutte pour la survie, à la détresse et la peur. La mort est partout aux abois. Buck ne manque ni de courage, ni de tendresse. Il va s'imposer dans la meute de chiens et auprès des hommes. Au bout du chemin, il choisira de rejoindre ses ancêtres les loups. Je l'ai accompagné au gré des pages, dans son exténuante traversée des épreuves, bien au chaud sous mes draps.

Dehors, le froid humide de fin décembre a planté ses crocs sur l'île, égratignant au passage les visages transis. La cheminée de la longère lance des signaux silencieux, pareils à de faibles appels aussitôt dispersés par les vents. Pourtant, derrière ses murs épais, Pierrot arbore un air heureux, la barbe rasée de frais et les sourcils hauts. La cicatrice sur sa joue droite se fait discrète, retranchée au creux des chairs.

Je lui parle longuement de Yannick, des moments joyeux de Noël en famille, sans songer un instant à sa solitude au temps des fêtes. Je me vante des cadeaux au pied du sapin : des bottes neuves et un pull marin de la part de mes parents, une canne à pêche offerte par mon frère. Le capitaine est avenant, à l'écoute. Mes joies égoïstes ne rebondissent pas sur sa carapace de marin blasé. Bien au contraire, elles semblent pénétrer ses pores, illuminer son regard, le rendre encore plus enthousiaste.

La vie quotidienne de Buck était moins ré-jouissante, mais Pierrot semblait ravi que son cadeau m'ait plu. J'avais découvert un monde rude et cruel pour les hommes et les bêtes, la folie aveugle des humains dans leur quête de l'or.

En 1897, l'auteur Jack London s'embarque comme les autres dans la ruée vers l'or en Alaska, parmi près de cent mille prospecteurs venus de San Francisco et de toute la côte ouest des Etats-Unis. Les premiers arrivés dans la région hostile, par le port de Skagway en 1896, franchissent le redoutable col Chilkoot, dans la neige et le froid glacial. D'autres suivent dans les conditions climatiques extrêmes, avec leurs bêtes et leur chargement. Ceux qui survivent à la montagne, me dit Pierrot, déposent leurs bagages à Dawson City, au confluent de la rivière Klondike et du fleuve Yukon. Une ville de trente mille habitants en période de gloire, qui n'en comptera plus qu'un millier par la suite avec ses maisons en bois régulièrement détruites par les incendies. En plein hiver, les pompiers allument des feux sur le fleuve gelé pour prélever de l'eau. Et les quelques milliers de prospecteurs qui vont trouver de l'or repartent dès 1899 vers des rêves et des gisements plus accessibles.

Témoignage de la ruée vers l'or du Klondike, la ville-vitrine de Skagway sera reconstruite à l'identique, avec ses habitations en bois bariolées et ses saloons.

Je réalise alors que Pierrot n'a pas parlé du livre que je viens de lire. Il a quitté les pages du roman pour me narrer l'aventure humaine des chercheurs d'or, l'aveuglement des hommes prêts à repousser leurs limites.

Il me parle longtemps de l'Alaska canadien à la charnière du dix-neuvième et du vingtième siècle, comme s'il y était. Puis il s'arrête brusquement : on l'aurait dit épuisé. Il se frotte les mains devant la cheminée. Les bûches dégagent une odeur âcre et le feu crépite par intermittences.

Le géant de la montagne reprend son récit d'une voix adoucie. Il me parle des glaciers et des icebergs, de la lumière pure qui traverse la glace dans ce pays sauvage que l'on n'atteint que par bateau ou par avion, de la beauté des paysages grandioses. Les quelques routes et pistes locales qui ne débouchent nulle part résistent mal à l'hiver. En Alaska, il n'y a que deux saisons : la saison d'hiver et la saison des travaux.

Lorsque l'air se réchauffe et que les moustiques reviennent, on peut voir posé sur les piquets le long des routes, le « bald eagle » : l'aigle chauve ou pygargue à tête blanche. Un rapace au bec jaune crochu et à l'œil vif de gardien des grands espaces. Son vol majestueux rappelle aux visiteurs que ce territoire de liberté se mérite. Un pays froid et blanc où la mort rôde et chevauche des ailes noires.

Pierrot se tait, la main gauche crispée sur le rebord de la cheminée. Je devine sur son visage qu'il veut dire autre chose, qu'il hésite. Le feu crépite toujours et je l'encourage du regard, sans un mot, de crainte de briser notre connivence.

« Tu sais, me dit-il enfin, au cours de mon récent voyage sur le continent, j'ai rencontré mon ancien second de navigation : un marin sérieux et de parole sur lequel je pouvais compter. Dans un bar, il m'a présenté un vieil homme. Sa sœur avait travaillé dans un couvent de religieuses près de Dinard, aujourd'hui disparu. Avant de mourir, elle lui avait parlé d'une jeune fille douce qui avait grandi dans ce couvent et qu'elle avait prise en affection. La fille était traitée à la dure, corvéable à merci, puis elle avait été envoyée comme employée à tout faire dans un fort de notre île, un endroit où vécut une actrice célèbre. Elle en avait été chassée deux ans après car elle était tombée enceinte. Elle était revenue au couvent pour accoucher. Les religieuses lui avaient enlevé son enfant et la jeune fille avait disparu. C'était au début des années 1920, vers l'époque où je suis né. »

Pierrot s'assoit près de la cheminée et reste ainsi immobile, le dos courbé, sans rien dire. Je respecte son silence et son voyage intérieur sur les traces du passé.

29

Depuis la nouvelle année, les semaines tombent les unes après les autres comme des fruits mûrs. Le collège et la lecture occupent l'essentiel de mon temps. Mes notes en français ont progressé. Je le dois à l'apport de Pierrot qui, à chaque visite, élargit mon horizon et la portée de mes rêves, augmente ma curiosité pour la vie et le monde.

Pendant qu'il contemple les astres au bout de son télescope, mon imagination saute d'île en île, à grands pas de géant, en compagnie de pirates et d'aventuriers à la poursuite de leurs chimères. Je parcours les étoiles éteintes posées sur le globe comme autant de marches vers l'inconnu, je me frotte à leurs essaims dont les piques sont douces et entraînantes.

À la maison, je garde longtemps sur les avant-bras et la nuque les traces profondes de nouveaux coups de bambou, empreintes répétées de ma désobéissance.

Mon père se désole de mon entêtement à rencontrer notre voisin qu'il a définitivement jugé infréquentable. Nul doute qu'il craint son influence sur mes idées. Mon aide à la ferme lui est précieuse. Il sait que les vaches goûtent ma compagnie et mes caresses, que les cochons me respectent, me démontrent un attachement peu commun. L'un d'eux va bientôt être abattu. C'est l'aboutissement logique de tout élevage, mais cela me rend triste. « Nous le remplacerons par un nourrain. » me dit-il. « Tu viendras le choisir avec moi et tu en prendras soin. » Un autre cochon-tirelire voué au même sort !

« L'abattage des bêtes est un acte normal », me répète Gwenaël, du haut de sa grande taille et de son indifférence. Il aime les bêtes d'une manière distante, dénuée de sentiments. Il les aime pour ce qu'elles apportent à la ferme et au bien-être de tous. Pour lui, elles font partie de notre environnement naturel comme la maison, l'étable, les arbres, les champs et le matériel agricole. Certes, elles respirent, elles mangent, elles se manifestent. Mais leur destin consiste à nourrir les humains, sans complaisance particulière et sans exception possible.

Mon père a toujours en tête le projet que je reprenne la ferme après lui. C'est dans sa logique, à un terme encore imprécis. Après le collège, les études obligatoires pendant deux années de plus tracassent mes parents. Ma mère est la première à donner son accord pour que j'aille au lycée technique à Auray, en internat. Yannick l'a convaincue et propose son aide pour couvrir mes dépenses scolaires.

Alors que je prépare des jalons pour m'aventurer au-delà des limites de l'île, Pierrot s'y incruste, désormais convaincu que sa mère y a vécu autrefois et avec l'infime espoir qu'elle y soit encore ou qu'elle y repose en paix pour toujours.

À l'appui des indices en sa possession, il est désormais certain qu'elle a séjourné au fortin militaire restauré par Sarah Bernhardt, à la Pointe des Poulains, un endroit sauvage et isolé sur notre route, lors de nos balades à vélo avec Gwenaël.

La comédienne de théâtre, célèbre pour ses rôles romantiques, avait occupé le fort pendant ses vacances d'été, de 1894 à 1922. La mère de Pierrot y aurait séjourné peu avant que Sarah Bernhardt ne s'en éloignât et décédât en 1923 à Paris.

Qu'y faisait-elle en vérité ? Où passait-elle l'hiver ? Autant de questions qui le tenaillent. Les portes sont closes sur les hautes murailles austères de la fortification héritée du second Empire. L'imposante bâtisse, surmontée de meurtrières et de mâchicoulis, garde précieusement ses secrets.

La résidence où la comédienne venait en villégiature chaque été, accompagnée de sa « ménagerie » d'artistes et de mondains, comme elle aimait à le clamer, est désormais muette, abandonnée. Le fort solitaire règne au milieu d'une nature surgie de la roche. Bruyères et tamaris, genêts et pourpiers de mer agitent tout autour leurs ombres fuyantes et brouillent les pistes des fantômes qui hantent encore ces murs. Ainsi bâillonné, le fort oppose aux curieux son armure infranchissable et se moque des coups de boutoir des tempêtes.

Malgré sa recherche patiente alentour sur la vie d'antan, le capitaine au long cours ne retrouve aucune âme rescapée qui puisse le renseigner sur les touristes aisés qui vivaient là, à l'écart des natifs aux habitudes paisibles et traditionnelles.

Il a fini par renoncer. Entouré de sa garde de gallinacés, il s'est replié chez lui, en son for intérieur, à cours de munitions pour éclaircir le passé et retrouver les marques du passage de sa mère. Il ne reste rien dans les mémoires, ni dans les annales de la propriété austère placée sous la tutelle du phare à la Pointe des Poulains aux éclats nocturnes.

Alors, la nuit il observe longuement la voie lactée au télescope. Il contemple la grande et la petite Ourse, les étoiles doubles Alcor et Mizar. Il s'attarde sur Bételgeuse, l'étoile rouge super géante de la constellation d'Orion dont la présence familière et la luminosité le réconfortent. Dans le scintillement vivant du ciel, semblable aux battements d'un cœur immense, il cherche les traces perdues de sa mère qui lui ont échappé sur terre : il guette une piste providentielle.

Ne pourrait-il pas apercevoir ses yeux briller quelque part, distinguer l'esquisse de son doux visage de femme timide et maltraitée ? Ou voir soudain son sourire surgir telle une aurore boréale ?

Avec son œil puissant à longue portée, il s'épuise à scruter le ciel et ses recoins, en quête d'un signe même infime de sa mère, de la preuve qu'elle veille encore sur lui, qu'elle l'accompagne et ne l'a jamais vraiment abandonné.

30

Ce dimanche ensoleillé d'avril s'annonce prometteur. Les prés exposés à l'astre matinal commencent à fleurir. Les premières fleurs blanches pointent sur le cerisier derrière la grange. Mon père a requis mon aide.

J'ai apporté l'échelle pendant qu'il enlève la terre et soulève la trappe de visite sur la fosse septique de la maison. Il avait enfilé son bleu de travail et ses cuissardes en caoutchouc. Un mauvais écoulement dans les tuyauteries d'évacuation, peut-être un engorgement à leur débouché dans la fosse, nous compliquent la vie domestique.

Des odeurs nauséabondes montent par la trappe ouverte, plus désagréables encore que celles des égouts en ville. On a glissé l'échelle vers les profondeurs sombres et infectes de la fosse, là où nos matières et nos déchets se décomposent en silence, où les bactéries font un festin quotidien de nos restes.

Une fois digérées, matières solides et papier transformés en boues laissent échapper des gaz. Les eaux usées, en partie assainies, se dérobent plus loin, confiées aux soins de dame Nature, experte en recyclage. Ainsi se perpétue un processus biologique à l'abri de nos regards.

Mon père, fort d'une précédente expérience de débouchage réussie trois ans plus tôt, s'est muni d'un furet : longue tige flexible coiffée d'une brosse métallique. Voilà que je m'initie malgré moi au désengorgement des artères de la maison ! Après celles des bêtes, je découvre les odeurs fortes et concentrées des humains.

Pendant que Fanch descend lentement les marches de l'échelle par l'ouverture de la trappe, je laisse filer au-dessus de lui une lampe baladeuse. Les odeurs me font grimacer et j'ai hâte que sa tâche se termine.

Mon père bataille pour glisser le furet dans l'œil glauque de la canalisation. L'atmosphère de puanteur nous coupe le souffle. Au moment où il se relâche pour s'essuyer le front, son pied droit glisse sur la marche. Il chute lourdement dans la fosse. Un énorme « plouf », suivi d'un appel paniqué. Je descends la lampe jusqu'à lui. Sa tête dépasse tout juste de la boue. Je devine son air hagard, l'agitation de son ombre fantomatique, le bras gauche tendu vers le haut. Sa voix a mué en une plainte qui exprime la peur, un appel à l'aide. « Je peux pas me relever, dit-il. J'ai cassé quelque chose. » Je songe un instant à descendre par l'échelle pour l'aider. Son cri de désespoir m'en dissuade : « Va vite chercher du secours, du secours ». Comment ne pas ressentir frayeur et impuissance tout à coup ?

Nous sommes seuls, isolés. Courbé sur mes jambes flageolantes, je coince la lampe en position basse : je laisse de la lumière et de l'espoir à sa portée. Je cours prévenir ma mère dans la maison. Elle saura le réconforter, le faire patienter. Puis j'enfourche mon vélo et pédale avec une énergie que je ne me connaissais pas.

Pierrot est le voisin le plus proche. Par chance il est dans son poulailler. Malgré mon essoufflement, je l'informe à la hâte de la situation. Il rentre chez lui sans un mot. Il en ressort muni d'une grosse corde d'amarrage de bateau et des clés de la voiture. Je prends place dans la Méhari. Nous roulons à vive allure comme si je volais vers l'inconnu. Je pense à mon père au fond de la fosse, affalé dans la boue des matières en décomposition, en lutte contre les miasmes qui le dévorent, aux assauts de la puanteur qui rentre par ses pores, à sa souffrance. En même temps, je ressens une confiance aveugle envers l'homme à mes côtés.

Ma mère nous attend, les lèvres frémissantes, incapable de parler. Elle tient en tremblotant la lampe au bout de son câble électrique, comme un cordon ombilical qui la relie à mon père. J'entends sa respiration saccadée dans les profondeurs, un halètement proche de la suffocation, comme s'il allait accoucher de sa disparition, de sa décomposition entre les griffes des bactéries affamées. Pour la première fois, je sens la présence proche de la mort et combien je tiens à mon père.

Avec sa corde, Pierrot prépare un nœud coulant, comme on le ferait pour une pendaison. Il retire l'échelle qui encombre la trappe. Il éloigne encore plus mon père, isolé au fond d'une mare de boues puantes. Le capitaine lui parle calmement : « Passez le lasso et serrez-le autour de la taille. Tenez bon la corde entre vos mains. »

Nous le hissons lentement. La force de Pierrot, concentré sous sa barbe blanche, m'impressionne. Ses grosses mains soulèvent le corps volumineux de mon père. Mes petits doigts serrés sur la corde, j'ai une impression d'inutilité. Enfin, la tête du rescapé paraît à la surface, la mine livide, hébétée. Il aspire de grandes bouffées d'air et crache de dégoût, comme s'il avait siphonné le contenu des profondeurs. Il souffre du pied droit.

Pierrot l'allonge sur le dos et donne des ordres : à ma mère d'apporter deux couvertures et à moi de dérouler jusqu'ici le tuyau d'arrosage qu'il a repéré près du mur de l'étable.

Il arrose abondamment le rescapé pris de tremblements : il évacue autant que possible les salissures de boue, les miasmes et les odeurs. Pendant ce temps, les rayons de soleil du matin s'écrasent sur la façade et les fenêtres de la maison. Après le bain forcé, je coupe l'eau. Mon père n'est plus qu'une longue flaque bleue, dans sa salopette détrempée. Sur le faîte de la grange, deux pies semblent venir aux nouvelles. Leur jacassement indécent trouble le silence de la scène.

Pierrot approche la Méhari, rabat la ridelle arrière. Il recouvre la plateforme d'une couverture. À nous trois, nous avons chargé le blessé en position allongée, sur l'arrière du véhicule. Une couverture est étendue sur lui. Ses bottes dépassent, empêchent la fermeture de la ridelle.

C'est avec ce chargement insolite, ma mère et moi serrés du côté passager, que notre sauveur roule en direction de Palais et de l'hôpital. Il prend soin d'éviter les chaos, de ne pas augmenter la souffrance du passager arrière que le grand air de la Méhari continue de purger de ses odeurs nauséabondes.

31

À l'hôpital, le diagnostic tombe : fracture de la cheville droite. Une sorte d'équilibre va se faire dans le couple. Ma mère conserve les séquelles d'une lointaine fracture du côté gauche. Une faiblesse familiale dont je devrais me méfier.

Pierrot nous conduit régulièrement à l'hôpital, ma mère et moi, avec sa Méhari. Il parle peu en sa présence. Il patiente à Palais et nous ramène, nous donne des œufs de crainte que l'on manque de quelque chose.

Ma mère a pris les affaires de la ferme en main. Elle répartit les tâches entre elle, Tijean appelé en renfort et moi. Elle me surprend par sa capacité à donner des ordres, sa lucidité. Notre dévotion quotidienne pour les bêtes est entière, avant d'aller aux champs.

Je veille à ce que ma mère ne s'épuise pas. Je refuse l'aide de Pierrot autrement que pour le transport à l'hôpital. Je sais que mon père ne l'aurait jamais acceptée. Sa présence non loin de nous est une forme suffisante de sou-tien : elle me donne du courage.

Je manque des cours au collège puis les va-cances de Pâques glissent comme des nuages au-dessus de la ferme où nous trimons en équipe, dans une grande complicité avec ma mère. Des journées agrémentées de prétextes à sourire, des plaisanteries grivoises de Tijean, et parfois d'une nouvelle qui fait chaud au cœur : le cochon que l'on devait abattre profite d'un sursis.

Le soir, avant que la fatigue ne vienne rabattre mes paupières, je préserve du temps pour la lecture. J'ébauche une nouvelle lettre à Héloïse. Je lui parle de Pierrot, de cette étoile qui brille en permanence à vol d'abeille de notre logis. Je lui confesse son rôle précieux de guide, de phare qui éclaire mes pensées en jachère et mes balbutiements d'adolescent. Au-delà des gestes et des actes quotidiens dans lesquels je grandis naturellement, il agit en pygmalion et m'ouvre la lourde porte de l'avenir.

Je réalise que Pierrot sera toujours une plante vagabonde que l'on ne domestique pas, sans racines fixes, une plante géante capable de grimper jusqu'aux frondaisons de la galaxie. Je prends conscience aussi que mes parents ont vocation à ne fréquenter que la voie lactée des vaches et les étoiles ternes de leurs pis qui traînent à ras de terre. Des étoiles qui ne sont faites ni de gaz, ni de poussières célestes, ni de distance sur la marche du monde, mais des étoiles riches de nutriments qui comptent pour la survie de l'humanité.

Je m'embrouille à comparer le lait et le beurre avec les étoiles du ciel. Je n'en parlerai pas à Héloïse. Je me limiterai à citer les livres que le voisin m'a confiés, toutes mes lectures englouties comme des gourmandises dont je ne peux plus me passer. Des livres dont les aventures brutales et souvent sanguinolentes risquent de choquer la jeune fille romantique d'une famille pieuse.

Je lui dois pourtant la vérité. Je ressens le besoin d'en faire une confidente, ne sachant plus très bien s'il s'agit d'amitié ou des prémices de sentiments plus forts. Elle saura se faire une idée de mes choix et de mes comportements, de mon caractère.

Sur mon rôle à la ferme en l'absence de mon père, je ne lui cache rien. Un rôle qui me grandit, bien qu'il revienne en principe au frère aîné. Je n'en veux pas à Yannick. L'accident m'a empêché de me rendre à Vannes pour Pâques. À la place, mon frère vient plus souvent sur l'île et nous soulage des visites à l'hôpital.

Enfin, au retour du chef de famille, ma mère fait un énorme gâteau au chocolat. Elle m'en confie en douce un gros morceau pour Pierrot. Elle ajoute un sac d'épluchures et d'autres restes de cuisine pour sa basse-cour.

On revoit de nouveau le fermier dans l'étable. Son plâtre attire l'œil des vaches tandis qu'il peste contre la gêne et sa convalescence forcée. Il ne parle jamais de son accident ni de sa maladresse, ni du voisin venu à son secours. Un matin, un geste de tendresse lui échappe en me regardant à la tâche. Il me caresse la tête, jusqu'au bas de la nuque où les marques du bambou ont disparu.

Est-ce volontaire ? Il ne renouvelle pas davantage ses mises en garde à l'encontre de Pierrot, ce que j'interprète comme une plus grande liberté d'aller et venir à ma guise.

Enfin, l'année scolaire échoue sur les rives encore vierges de l'été. Mon père a repris son rôle, dominant et toujours taciturne. Malgré mes absences, mes résultats scolaires sont bons, et je suis admis au lycée technique à Auray.

32

Le soleil s'attarde de plus en plus sur l'ouest. Il flotte longtemps sur les eaux denses de l'océan avant de disparaître. On est aux premiers jours de juillet, au basculement dans l'été joyeux, celui des vacanciers.

Les changements d'humeur sont à peine perceptibles sur le visage calme et buriné de Pierrot, ou dans les profondeurs inépuisables de ses yeux bleus. Sa barbe blanche est un massif d'herbes folles entre lesquelles coulent toujours des paroles familières, encourageantes : une source de sagesse intarissable. Ses décoctions de mots me remplissent de force. « Ceux qui ne cherchent jamais leur voie ne trouvent rien », me dit-il. « Ils piétinent leur ennui. Leurs certitudes s'appauvrissent, sèchent et deviennent dures comme le béton. Ils assistent impuissants à la fonte de leurs rêves. »

Il détourne le regard vers le ciel. Je pense alors à Héloïse, à mon impatience de mieux la connaître et à ma découverte prochaine du lycée. Je vais enfin vivre mon expérience sur le continent, comme Yannick avant moi. Je trépigne déjà sur un quai imaginaire. Je vais larguer les amarres malgré la corde filiale qui me retient encore sur l'île et mon père qui fait tout pour la raccourcir, pour m'empêcher de trop m'éloigner et d'échapper à son plan machiavélique. J'ai encore ma vie à construire, comme une vague déferlante à franchir.

Sans chercher à se grimer ni à fuir la réalité, mon ami Pierrot - mon pôle d'attraction - balance étrangement entre plusieurs visages.

Parfois, je le retrouve assis devant sa porte, tirant simplement sur sa pipe, l'air inspiré. D'autres fois, il bêche son potager comme n'importe lequel d'entre nous. Penché sur la terre, il nous ressemble. Son dos décrit des vagues lentes, au rythme de sa respiration et de sa patience. En d'autres occasions, il me fait penser à un vieux marin triste, oublié sur le quai d'un port, lorsqu'il se tient immobile dans l'antre assombri de sa maison, assis devant une bouteille de rhum arrangé.

Par contre, ses yeux pétillent dès que l'on évoque Cassandra, sa compagne de galère et cavalière de passage. Le rhum qu'il partage avec elle le soir sous la lampe doit rallumer les souvenirs et les envies dans leurs corps en sommeil. À deux, ils se soutiennent et l'étreinte, comme l'étincelle, peut jaillir à tout moment.

Je sais que le capitaine, paré de sa vareuse, de sa casquette râpée et d'un bâton de marche, rôde de temps à autres à la Pointe des Poulains. Il marche longtemps autour du fort désert, là où sa mère avait posé ses pas avant lui. Un lieu improbable dont Sarah Bernhart avait déclaré, à sa première visite sur l'île : « Je découvris à l'extrémité la plus venteuse un fort, un lieu spécialement inaccessible, spécialement inhabitable, spécialement inconfortable et qui, par conséquent, m'enchanta. » Et dont elle fit « le second théâtre de sa vie. » Pierrot en est devenu malgré lui le seul spectateur posthume. Il arpente sans relâche la scène de plein air où sa mère tarde à paraître.

L'homme fixe l'horizon bleu foncé. Il suit le mouvement désordonné des vagues tout comme elle l'avait fait avant lui, le nez et les joues offertes aux vents dominants. Face à son impuissance à la retrouver en chair et en os, il considère ce paysage rude et exigeant comme un lieu de mémoire et de pèlerinage, une épreuve de plus sur son chemin de pénitence.

À contempler le vide du ciel posé sur le bouillonnement de l'océan, il se sent plus proche d'elle tout en continuant de la poursuivre dans les profondeurs enfouies de la nuit grâce à sa lunette astronomique qui amplifie la lumière, en quête d'une évidence. Il cherche son sourire, l'éclat de son regard dans les étoiles lointaines, persuadé que l'une d'elles lui ressemble. Il finira bien par la trouver et embrasser enfin son image dans le miroir infini.

L'été annonce aussi notre séparation avec Gwenaël : l'éclatement de nos destins. Il ira apprendre l'agriculture à Vannes. Nous dépensons sans compter nos derniers moments ensemble et nos forces à pédaler, à nous imprégner davantage des sentiers et des senteurs de l'île, de ses vallons et de ses bocages, des levées de terre qui fracturent l'étendue des champs et masquent l'horizon avec leurs haies et leurs buissons épineux. Nous allons pêcher du côté rugueux de l'île, au pied des falaises, puis nous baigner sur le versant doux, aux plages de sable accueillantes. Si les filles en maillot de bain attirent notre curiosité, nous sommes encore trop hésitants et inexpérimentés pour les aborder de front.

Une inquiétude sournoise ternit la fin de mes vacances scolaires. Ma dernière lettre à Héloïse date de fin juin. Sa réponse tarde. J'essaie de ne pas y penser, entre les occupations auprès de mon père, un bref séjour chez Yannick en août à la découverte de la ville fortifiée de Vannes et nos échappées souvent sans but avec Gwenaël. Je doute même de ma mère : elle aurait pu interrompre volontairement notre échange épistolaire en détournant le courrier.

Quelques jours seulement avant la rentrée au lycée me parvient enfin une lettre d'Héloïse. À l'intérieur une simple carte postale d'une plage en Espagne et quelques mots griffonnés à la hâte au verso : « Cher Joss, j'ai passé un excellent été, en partie sur la Costa Brava avec mes cousines et mes cousins. Je prépare la rentrée. J'ai un petit ami. Bonne rentrée à toi. Je t'embrasse. »

J'ai senti mes jambes fléchir et je me suis retranché dans ma chambre. Une nouvelle vie va commencer au lycée, loin des miens et de ceux qui comptent pour moi. Avec cette lettre qui me brûle les doigts je ressens comme une étrange solitude, un sentiment d'abandon et d'accablement.

Avant mon départ pour Auray, c'est comme si les branches tombaient l'une après l'autre autour de moi, un jour de forte tempête, et celle à laquelle j'accrochais beaucoup d'espoir vient de se rompre. Je dois me ressaisir, résister comme les grands arbres qui me donnent l'exemple : faire le « tronc rond » et tenir bon.

Je repense aux paroles réconfortantes de Pierrot, à l'énergie qu'il m'a insufflée. Je n'ai pas le droit de le décevoir. Après tout, je n'ai jamais rencontré Héloïse. Nous sommes trop jeunes pour bâtir des projets en commun. D'autres rencontres et d'autres conquêtes m'attendent. Mon ami visionnaire l'a certainement lu dans les astres.

Il arrive néanmoins que le sort s'acharne sur les bonnes volontés. Avant que nos routes se séparent, Gwenaël et moi roulons une dernière fois en sifflotant vers le bosquet où règne le chêne sur lequel nos pulsions de reproducteurs ont libéré leur jet spontané et généreux : une sorte de coup d'essai dans le vide avant nos expériences d'hommes. Nous roulons vers un adieu provisoire au grand chêne.

À l'orée du bois, nous avons tous deux freiné brusquement, la bouche ouverte et le souffle court. Le grand chêne n'est plus là ! Il a été abattu, débité en tranches pour en faire du bois. Le moignon du tronc dépasse encore du sol. Un filet de sève suinte sur sa base tranchée net comme après le passage d'une guillotine. L'abattage date d'un jour ou deux jours seulement. Tout autour, on voit des traces de pas, des piétinements encore frais. Des branches éparpillées, les feuilles pendantes. Un spectacle de désolation qui nous coupe les jambes et la parole. Puis Gwenaël me montre du doigt un emplacement sur le sol. L'herbe y est abondante et verdoyante. « C'est là que l'on visait. » dit-il. Son visage rayonne tout à coup, fier des résultats de sa semence.

33

Depuis l'été de ces ruptures, les années m'ont emporté à la vitesse d'un hors-bord : près de dix ans qui ont agité ma vie avec du tangage et du mal au cœur, mais aussi de grandes joies et des réussites.

J'avais pendant ce temps appris à travailler le cuir et terminé mon apprentissage dans un atelier de maroquinerie à Nantes. Oui, j'aime manipuler le cuir de veau ou de daim, de caprin ou d'agneau. Le travail des peaux séchées imputrescibles, tantôt fines et souples, tantôt épaisses et granuleuses, aux variétés et aux coloris infinis, aura été une découverte et un ravissement.

Je ne suis en rien responsable de la mort des animaux. Bien au contraire, je leur donne une deuxième chance. Ils seront réincarnés en sac, en chaussures, en chapeau pour accompagner agréablement un homme ou flatter une femme. Ce que Yannick fait avec le bois, je fais de même avec la peau des bêtes. Au début, mes pensées vont à celles de notre étable, aux souvenirs de la tendresse que nous avons partagée sans disposer des mots pour se comprendre, uniquement des signes et de l'expression de nos corps. Je n'oublie pas mes échanges avec cochons et vaches. Je les traitais alors comme des êtres proches, sensibles.

Sans doute pour m'encourager, on m'avait vanté la réussite d'Alexis Godillot sous le Second Empire de Napoléon III, ou comment un modeste ouvrier sellier a fait fortune dans le cuir. Il avait appris le métier dans la petite boutique de son père, au quartier des Halles à Paris. Il fabriquait des bottes pour les cavaliers. En sculpteur éclairé du cuir, il devint le fournisseur des armées et concepteur des chaussures dont on se rappelle le nom : les godillots, inaugurés par les fantassins d'alors. La richesse de cet explorateur du cuir tenait avant tout dans l'adresse de ses mains, dans sa force d'imagination et sa volonté.

Le diplôme en poche, ma vie balance désormais entre la ville de Nantes où j'exerce comme artisan du cuir et l'île de mon enfance. À l'unisson avec Yannick, nous voguons vers Le Palais chaque quinzaine, en quête de nos attaches familiales et de nos racines. Je comprends mieux mon frère, l'agréable sensation d'un retour régulier au berceau de nos jeunes années.

À chaque traversée, le vent nous bénit encore de ses embruns iodés. De loin, l'île est un minuscule trait sur l'océan. Nous avons grandi dans son espace préservé, bercés par les vagues et la tranquillité, enivrés par les odeurs des plantes, des arbres et des bêtes. Elle était notre jardin enchanté. Nous étions ses conquérants en culottes courtes. Nous découpions librement les paysages avec nos vélos, comme dans un jeu d'enfant. L'île entière était à nous.

Gwenaël est retourné travailler à la ferme de ses parents. Mon père le cite en exemple. Il me rappelle ainsi que ma place sera plus tard à ses côtés, dans la sérénité de nos terres.

À l'étable, le cheptel se renouvelle peu à peu, les cochons aussi. Je les trouve sales et tristes, traînant leur groin désabusé dans la vase. Ils ne manquent pas de nourriture, mais de quelque chose d'indéfinissable.

Depuis sa fracture à la cheville droite, mon père va claudiquant. Il se déplace à petits pas, les épaules basses et la tête penchée en avant. Ses ressorts sont distendus et ses cheveux virent lentement au blanc.

Sous l'insistance de ma mère, il avait accepté un apprenti en alternance : Louis, le fils d'un commerçant de Palais qui veut apprendre le métier. Le garçon courageux est rétribué avec du lait, du beurre et des légumes. Donner des ordres rassure mon père sur son autorité : une attitude propre aux vaniteux et aux caractères taciturnes, semble-t-il.

Lors de nos visites, ma mère s'applique plus que d'habitude à la cuisine. En dessert, le gâteau au chocolat avec un brin de cannelle. Elle n'a pas changé, toujours dévouée à notre bien-être. Elle fait mentir le sens latin du prénom Soizic : « de condition libre ». Elle regarde souvent Yannick, enfin installé avec une compagne, à l'affût d'une bonne nouvelle. Vat-il lui attribuer bientôt le titre de grand-mère dont elle rêve en secret, l'aboutissement d'une existence consacrée à sa famille ?

Son impatience à l'égard de mon frère détourne de moi la même exigence. Je suis pourtant adulte, en âge de procréer. Au travers de mes rencontres j'avais perdu ma naïveté de puceau. Pour le reste, je suis patient. Aux yeux de ma mère, je suis toujours son petit garçon. Ma chambre à la ferme me paraît étroite et son horizon étriqué, mes rêves de pirates bien rangés sur les étagères.

Mon séjour sur l'île ne serait pas complet ni abouti sans mes rencontres avec Pierrot. Voilà au moins dix ans que notre amitié se construit, qu'elle se consolide pierre après pierre et atteint l'épaisseur d'une forteresse. Nos rencontres plus espacées n'en sont pas moins intenses. Je le vois ployer peu à peu sous l'enclume de l'âge. Sa démarche devient traînante. Mais sa parole reste ferme et son regard vif. La cicatrice sur sa joue droite ressemble à une racine morte, un fossile incrusté dans sa peau tannée. Son phrasé, sa respiration et tous ses pores bouillonnent toujours d'ardeur et d'optimisme comme avant, du moins en apparence.

Dans le refuge de sa longère, je suis l'un des rares visiteurs, en dehors de Cassandra et de Marie-Jeanne, l'une pour l'intimité, l'autre pour l'intendance. Pour ma part, je suis toujours accueilli comme un prince. J'éprouve même le sentiment agréable d'être chez moi, à l'exception de l'étage qui m'intrigue. Les malles mystérieuses évoquent les voyages et le départ, le monde étrange des navigateurs et des flibustiers qui avaient tellement embrasé mes rêves. Et puis, il y a le télescope pointé vers l'immensité du ciel qui peut lui faire perdre la tête à force d'égarer ses pensées dans les étoiles, à regarder sous les jupes du passé, à rechercher une mère à jamais disparue. Elle n'a existé tout au long de sa vie que dans son imaginaire, sans visage, sans forme concrète. Oui, Pierrot poursuit un fantôme et il peut rencontrer la folie. Oui, ses activités à l'étage m'effraient.

Mon regard nostalgique tourne autour de de la salle avec l'acuité d'un phare : les aquarelles des bateaux au repos, l'ancre rouillée dans un coin, son cordage affalé, le globe terrestre à l'arrêt. Mes souvenirs sont toujours là bien ancrés. Egoïstement, je me réjouis que Pierrot les garde en l'état, sous le vernis de nos rencontres d'autrefois.

Non, je n'ai pas le droit d'attacher mon ami au rez-de-chaussée, ni de cadenasser la trappe d'accès au grenier. Mon Pierrot lunaire a toujours été un homme libre : il s'est construit ainsi, dans son acharnement contre l'absence et la solitude. Sa survie réside en cette navigation infinie, dans ses rêves insensés, dans les replis d'outre-mémoire qu'il se fait un devoir d'explorer. À ma demande de modération, il me sourit d'aise, mais je sais que rien ne peut arrêter sa quête sans fin aux allures de mission divine.

34

De part et d'autre de la porte d'entrée, les roses trémières hissent leur hampe florale et leur tamis de coloris jaune, rose et pourpre. Ma mère traverse dans l'indifférence la cascade fleurie.

À la fin juin, l'air est vivifiant. Le vent chasse les derniers nuages bas qui ont longtemps brouté dans nos champs. Je profite de l'annonce d'un ciel limpide au bleu cassant pour rester une semaine avec mes parents, dans le calme champêtre d'une adolescence révolue.

Lorsque je regarde sans malice les cochons dans la soue, je les vois désormais vêtus d'un blouson taillé dans leur cuir épais et bon marché : une déformation professionnelle qui me chagrine. Je prête main-forte à mon père avec moins d'entrain qu'autrefois. J'évite de me salir. Sans m'en rendre compte, je suis devenu un citadin. Mon métier et ma vie se construisent ailleurs. Je redoute le jour où mon père m'annoncera sa lassitude et son désir de retraite. Son ultimatum pour mon retour à la ferme.

Il m'arrive d'insister auprès de ma mère, sans en avoir l'air, sur ma passion pour mon métier. Je m'accomplis dans le travail des peaux, comme avec un jeu de cartes on peut faire une réussite. Je me sens capable de me mettre à mon compte : ouvrir une boutique et inventer de nouveaux modèles en cuir. Beaucoup en ont rêvé et peu l'ont fait. Je repense souvent à l'extraordinaire réussite d'Alexis Godillot. Il avait élevé des godasses à la hauteur de son ambition.

En fin de matinée, une femme en mobylette déboule à la ferme. Une habitante de l'île, à en juger par sa tenue et son tablier, une femme bien portante, la mine triste. Dans le chemin devant la maison, je m'avance vers elle, prêt à la renseigner, à lui rendre service.

« Vous êtes Joss. » me dit-elle d'emblée. Je l'observe avec curiosité, opinant de la tête. Le souffle court, elle ajoute : « J'ai une mauvaise nouvelle pour vous. » La bouche tordue, elle n'arrive pas à formuler ses mots, jusqu'à ce qu'ils sortent d'un seul jet, comme un crachat longtemps ruminé : « Pierre Le Foll est mort. Je suis Marie-Jeanne, sa femme de ménage. »

Elle descend de sa monture en chancelant, encore sonnée par le malheur qu'elle colporte. Je reste immobile, sidéré. Mon cerveau résiste, se refuse d'admettre la nouvelle qui me tombe dessus comme un boulet lancé depuis le sommet de la côte.

Très spontanément, j'accompagne Marie-Jeanne dans la maison et la fais asseoir pendant que ma mère vient aux nouvelles. Soizic connaît la femme dévouée et travailleuse qui tient en ordre la maisonnette du capitaine au long cours.

La tête inclinée sur le côté, elle parle d'une voix faible, épuisée :

— Je l'ai trouvé ce matin au bas de l'escalier, le crâne couvert de sang. Je venais faire le ménage du lundi. Il a fait une chute mortelle pendant la nuit.

Elle tremble, hésite quelques instants et poursuit :

— La lumière était allumée à l'étage. Son télescope pointé vers le ciel et la fenêtre du toit ouverte.

Elle reprend son souffle. Ma mère lui sert un verre d'eau et lui tapote l'épaule.

— Reposez-vous un peu.

Marie-Jeanne a besoin de parler, de vider son émotion. Elle se tourne vers moi. Elle sait que je peux tout entendre : « J'ai trouvé une bouteille de rhum vide en haut de l'escalier », a-t-elle ajouté. « Il avait encore un papier dans sa main. »

Elle le prend dans une poche de son tablier et me le tend. Je reconnais l'écriture ample de Pierrot : « Je ne retrouve pas Mère. » Puis elle me remet une enveloppe et un trousseau de clés. « Il m'avait dit que, s'il lui arrivait malheur un jour, je vous confie le tout. Et aussi que je prenne le coq et les poules chez moi. J'ai déjà un poulailler. Ils seront un peu à l'étroit avec les miens. »

Dès la découverte du corps, Marie-Jeanne avait prévenu la gendarmerie et les pompiers. Pierrot est à cette heure à la morgue de l'hôpital. Elle avait attendu que tout soit réglé avant de nettoyer la maison, donner à manger aux bêtes et récupérer dans un tiroir la lettre à mon nom. Elle avait tout refermé derrière elle.

« Il était si bon avec moi. » Marie-Jeanne sanglote, se frotte les yeux. La brave dame avait accompli son devoir jusqu'au bout et ses nerfs lâchent tout à coup. L'abattement se lit sur son visage. Ma mère lui sert des crêpes et un café, et l'encourage avec douceur.

La lettre me chavire les tripes.

« Mon cher Joss, tu es le premier à m'avoir ouvert ton cœur sur cette île aux habitants magnifiques. Malgré tout, l'acte de naissance et la parenté comptent plus ici que les bonnes intentions de ceux venus d'ailleurs. Sans doute que je n'ai pas su mériter leur confiance ! J'étais trop déformé par ma vie de baroudeur et déjà enrobé d'une épaisse corne de solitude autour du cœur. Ma mère aura, elle aussi, vécu en étrangère sur vos terres exigeantes. Prends ce que tu veux dans la maison, avant que le notaire ne s'en mêle. Tous les livres sont à toi. Tu sauras en faire bon usage. Que mes souvenirs et notre amitié te portent chance. Tu réussiras ta vie, j'en ai l'intime conviction. Je t'embrasse comme je le ferais pour le fils que je n'ai jamais eu. »

Le chagrin me tombe dessus, épais et gluant comme du goudron. Je m'isole dans ma chambre d'enfant. Tout mon passé avec Pierrot remonte en surface. Comment accepter de perdre à jamais un ami de cette envergure ? J'ai besoin de me reprendre en main. Dans ma tête, le colosse au grand cœur était devenu invincible, inébranlable. Cependant, tout comme le grand chêne abattu dans notre bosquet, il a été vaincu. Il me reste des malles entières de souvenirs enfermées dans mon crâne. Mon cœur se met à battre très fort. Son image vivante et rieuse flotte toujours devant moi. Je peux presque la toucher. Je veux garder sa présence intacte à mes côtés, son regard clair enluminé de joie et tout ce qu'il a insufflé en moi pour me faire grandir.

Je lui rends visite à la morgue. Le corps a été préparé comme pour une fête. Son beau visage reposé de capitaine luit autour de ses yeux endormis. Il porte une casquette neuve, achetée pour la grande occasion, un costume gris sur sa chemise rose. Sa cicatrice sur la joue droite a disparu. Je repars rassuré car il n'a pas quitté l'île.

35

Ma fierté est immense : dans une pirouette finale, Pierrot m'attribue le rôle d'exécuteur testamentaire.

Après quelques heures d'égarement, je vais accomplir les dernières volontés du vieil ami qui se retire au fond d'une fosse dont il ne ressortira plus, hélas ! Contrairement à mon père qu'il avait sauvé, personne ne viendra à son secours. Je saurai où le trouver, mais son départ à l'improviste me peine et m'accable.

Pour son dernier voyage, le plus long et sans bagage, son notaire à Carnac me donnera le titre de transport avec les instructions. J'apprends que sa tombe est prête au cimetière de Palais, les obsèques payées à l'avance.

Pour la première fois, je pousse la porte de sa maison en son absence. Marie-Jeanne avait déjà emporté les gallinacés pour un deuil collectif, loin de la longère.

La grande pièce sombre ressemble à un nid d'angoisse. L'ombre du géant des lieux est encore présente. Il peut surgir à tout moment, la barbe emmêlée et les bras ouverts, comme autrefois. Cependant, mon vœu retombe dans un silence confiné qui dévore l'air. Aucune trace de l'accident fatal ne suinte. Marie-Jeanne a tout effacé et rangé. À l'étage, le télescope est en berne et le rideau tiré sur le vasistas.

Sur le plancher du grenier, une inscription sur une feuille. Des coordonnées angulaires : la déclinaison et l'ascension droite d'une étoile dont Pierrot avait inscrit le nom : « Mère », et ajouté une précision : « petite étoile discrète, difficile à repérer. » Je revois aussitôt la phrase sur le papier qu'il tenait dans sa main au moment de la chute. À l'évidence, malgré la clarté du ciel ce soir-là, Pierrot n'avait pas trouvé l'étoile qu'il prenait pour sa mère. Au moment où son moral flanchait, il n'avait pas pu lui parler. La rencontre manquée lui aura été fatale.

J'arpente le séjour, sans oser pousser la porte de sa chambre où la bibliothèque abrite son trésor de papier. Une mine de connaissances et d'histoires où La Pléiade brille de ses plus belles peaux. Des étages d'ouvrages prêts à me bondir dans les mains. Le murmure assourdissant des livres risquerait de détourner le sens de ma visite.

J'emporte finalement l'aquarelle marine préférée de Pierrot : un voilier élégant qui file vers une île à peine visible sur l'horizon, et le globe terrestre qui garde les empreintes de ses gros doigts, sur lequel il avait retracé pour moi ses routes et pointé ses escales. Le marin avait tourné plusieurs fois autour de la terre et son orbite restera inoccupée. Un vide qui coule déjà dans mes veines. Maigre consolation, je pourrai faire tourner de nouveau sa carte du monde et la remplir de souvenirs, avec les points cardinaux comme gouvernail.

En quittant sa maison vide comme l'on s'extrait d'un rêve, je songe soudain à Héloïse, à nos échanges de lettres gommés par le temps : un épisode lointain comme une belle parenthèse adolescente. Un autre rêve enflammé, déclenché par l'étincelle d'une pièce d'or remise au hasard des courants et déversée dans ses petites mains innocentes. Combien de rêves finissent ainsi par s'éteindre, comme les étoiles lorsque que le jour se lève ?

Le lendemain matin, je suis à Palais de bonne heure. Les pompes funèbres m'assurent de leurs efforts pour réussir les obsèques. Je réalise que ce ne sera pas une fête et que nous serons peu nombreux pour accompagner l'impétrant.

Il me vient une idée saugrenue. Je me rends au bureau de Poste et trouve dans l'annuaire le numéro de téléphone de la famille d'Hector Sanchez, huissier de Justice à Hendaye. Sans réfléchir davantage, je compose le numéro. Espérais-je qu'Héloïse elle-même me réponde, après dix années de silence ? Sa voix d'enfant a sans doute mué. Peut-être a-t-elle quitté le domicile familial. Est-elle mariée ? Mère de famille ? Alors que je me perds en hypothèses, quelqu'un décroche. Une voix de femme mûre. Pris au dépourvu, je raccroche brusquement sans rien dire.

Ma respiration s'apaise. Je réfléchis, puis compose de nouveau le numéro. Madame Sanchez me répond que sa fille Héloïse est absente pour la journée. Je peux lui laisser un message.

« Dites-lui que Joss a appelé. Pierre Le Foll est décédé et ses obsèques auront lieu vendredi à Palais. » Je la remercie poliment et coupe court à la conversation, de crainte de me perdre en explications maladroites.

Après une si longue période sans nouvelles, je suis rassuré. Héloïse est bien vivante. Elle habite toujours chez ses parents. Mais de Pierrot, elle ne connaît que mes propos, quelques allusions dans mes lettres, autant dire un inconnu pour elle.

Je me console en pensant que j'ai fait mon devoir et informé toutes les personnes qui me viennent à l'esprit.

36

C'était ma semaine de repos sur l'île et je suis confronté à la mort. Un ami me quitte brusquement. Il lui restait tant à m'apprendre que je me serais lassé avant lui. J'ai grandi, mais nous pouvions encore traverser ensemble des océans hostiles, accompagner d'autres aventuriers pour le plaisir de prolonger nos échanges. Alors que tant de voyages nous attendaient, nous resterons désormais au port, séparément.

Pierrot était bien plus qu'un deuxième père pour moi : un éducateur, un maître à penser, toujours débordant d'attention et de bonne humeur. Sa lucidité et sa clarté de vue ont guidé mes pas. Il respectait tout : les animaux, les humains, y compris ceux qui lui voulaient du mal, et la nature. Il avait corrigé mes défauts avec tact, atténué mes rugosités comme on adoucit un matériau brut à la meule. Mon installation à Nantes n'avait pas distendu nos liens, seulement raréfié nos rencontres.

Au téléphone, le notaire à Carnac m'informe du testament. Au pays des menhirs, Pierrot aurait eu sa place parmi les mégalithes, mais il en avait décidé autrement. Le cimetière de l'île lui suffisait. Il lègue sa maison à l'institution religieuse de Bretagne qui avait accueilli longtemps sa mère. Il me confie sa bibliothèque au complet, une cathédrale de livres sur laquelle je peux continuer de bâtir ma propre histoire et rêver. Je suis, selon ses vœux auprès du notaire, le meilleur lecteur désigné pour prendre soin de ses ouvrages auxquels il tenait tant. Sans doute les avait-il tous lus et sa mémoire allait enfouir leur contenu sous terre, comme l'écureuil enterre ses provisions pour un hiver qui sera long.

Est-ce que tout va rentrer dans sa tombe ? Il me reste ses traces et sa sueur sur les livres, quelques annotations, des pages froissées et son odeur parfois. La nuit, peut-être le vent me rapportera-t-il encore quelques échos de ses lectures, des aventures hors du commun qu'il n'avait pas eu le temps de me confier de sa voix chaude et passionnée de conteur. Nous poursuivrons ainsi notre conversation secrète.

Pour l'heure, il m'appartient de récupérer ce rempart de silence et son aggloméra de pages avant que le notaire ne prenne possession des clés. Plus tard, à son étude, j'irai recueillir les dernières recommandations écrites du défunt.

L'océan semble apaisé ce vendredi. Un soleil matinal, légèrement embrumé, recouvre le port et la ville d'un voile de lumière couleur de miel. Ma mère et Gwenaël m'accompagnent aux obsèques. Dans ma vision fantaisiste, le cimetière de Palais est transformé en grand parc d'attraction où Pierrot sera accueilli sous les applaudissements. Tous les stands aux épais comptoirs de marbre ou de béton seront ouverts en l'honneur de son intronisation.

En attendant les festivités, le cercueil de grande taille marque une pause devant l'église. Les hommes en costume noir peinent à quatre pour le hisser et le déplacer jusqu'au pied de l'autel. Une douzaine de personnes se dispersent en silence sur les bancs. Assis au premier rang avec ma mère, je n'ose pas me retourner. J'avais repéré Marie-Jeanne, les yeux rougis. À ses côtés, une grande dame vêtue de noir, au visage sec. J'imagine Cassandra dont Pierrot m'avait parlé. Il y a aussi Louis, l'apprenti, accompagné de son père. Leur témoignage d'empathie me réchauffe le cœur. Quelques anonymes se tiennent silencieux sur l'arrière. Ces présences dans mon dos me rassurent.

Dans la voix du curé, je ressens un peu de gêne pour retracer la vie du défunt. Humble et réservé, il m'avait fait peu de confidences sur son véritable parcours d'homme, sur sa vie privée en marge de ses campagnes de capitaine au long cours.

« Après avoir longuement sillonné les mers et guidé fièrement son navire et son équipage, ce frère de la mer est venu chercher la paix parmi nous, sur notre île accueillante. » dit l'homme d'église sur un ton solennel. « Notre seigneur va l'accueillir comme il se doit. Sa vie va continuer aux côtés de Dieu. » Pendant l'éloge et le prêche ponctués de chants, mon esprit est ailleurs, bien au chaud dans la longère bordée de lierre, à écouter la voix chaleureuse de Pierrot comme un chant d'éternité. Une voix qui ne peut pas s'éteindre. Tout le reste autour de moi, dans l'église, n'est qu'une mise en scène, un spectacle qui sonne faux.

La réalité me rattrape pourtant au cimetière, devant le trou béant contre le mur. Le cercueil géant flotte entre les têtes des hommes en noir qui avancent au pas cadencé sur le gravier crissant de l'allée. On croirait des bouées dérivantes qui soufflent par moment comme des baleines assignées au remorquage du navire amiral.

Je me laisse distraire quelques instants par les cris des goélands qui tournoient dans les hauteurs transparentes du ciel. Mais leur complainte ne peut plus rien pour l'ami qui va disparaître sous nos pieds. Aucun coup de protestation ne vient de l'intérieur, à l'instant ultime, battre le couvercle du cercueil lorsqu'il s'enfonce en silence. Je reste longtemps immobile pendant que les hommes à la mine funèbre s'agitent autour, avides d'en finir. Il reste au disparu l'espoir de creuser sous le mur d'enceinte, de s'évader avec la même discrétion que celle dans laquelle il avait vécu.

Marie-Jeanne s'avance jusqu'au bout de la tombe et dépose un œuf derrière la plaque mortuaire sur le sol. Elle me dit en passant : « Il est frais de ce matin. Ça lui fera plaisir. »

Ma mère avait apporté un grand bouquet de roses trémières cueillies du jour. Je me souviens alors de ses paroles pendant le trajet : « Ces fleurs sont comestibles, crues ou en salade. On peut aussi les préparer en infusion. » Pierrot ne manquera de rien.

Je regarde la petite plaque mortuaire en marbre commandée par mes soins. Elle porte son nom et deux dates inséparables : 1921 - 1995. J'avais respecté la consigne du notaire et fait graver au-dessous : « Ici repose plus ou moins un pirate de la vie. » Je souris légèrement en relisant ces mots voulus par Pierrot. Il s'était toujours considéré comme un intrus en ce monde. Il n'avait cessé de dériver, du liquide amniotique de sa mère au ventre repu de l'océan, sans véritable port d'attache, rejeté partout. En marin courageux, il avait picoré de-ci de-là des moments de vie, comme des fruits dérobés dans le vaste jardin du globe où il n'était pas désiré. Il ne pouvait pas reposer sereinement sous terre. Il assumera sans se plaindre que l'on vienne encore le déranger, piétiner sa tombe et marcher sur son corps. Et il pardonne leur rancœur à tous ceux qui ne l'aiment pas. Voici la traduction de sa volonté ultime gravée dans le marbre.

Je comprends que je dois partir lorsque quelqu'un me tire par la manche. Je me retourne sans conviction. Une jeune femme aux yeux marron clair me regarde d'un air attendri. Je ne la connais pas, mais quelque chose en elle m'interpelle. Sa sensibilité, son regard peut-être. Nous sommes restés un moment à nous faire face, les pensées encore embuées par la mort qui flotte autour de nous. Son sourire débordant de promesses me laisse rêveur. « Je suis Héloïse », dit-elle simplement.

Mon cœur s'est alors emballé. J'ouvre de grands yeux. Je ne rêve pas. Alors que Pierrot disparaît dans les méandres de la terre, Héloïse que je croyais perdue, renaît devant mes yeux. Elle est devenue femme, le visage lisse, auréolé de douceur. Elle est le prolongement parfait de celle que j'avais imaginée dix ans plus tôt, à l'âge de notre insouciance.

Elle m'a embrassé sur les joues et je l'ai prise dans mes bras. Alors que je la retiens, je lui souffle à l'oreille : « Merci. Merci pour Pierrot. Merci pour moi. Merci pour nous.» Et nous nous sommes éloignés main dans la main, tout naturellement.

Ce soir-là, nous avons marché longtemps enlacés sur le port de Palais, nos têtes basculées sur l'oreiller tendre de la nuit. Avec le même émerveillement complice, nous avons contemplé les étoiles suspendues à la voûte céleste. Chacune avait repris sa place en douceur et semblait nous sourire. Puis une grande trainée blanche a fendu le ciel.

Plus de doute, Pierrot est allé rejoindre sa Mère et leurs deux étoiles discrètes vont désormais briller côte à côte.

37

Depuis notre rencontre au cimetière, je vais revoir souvent Héloïse. Mon cœur se remplit de sa présence et de ses rires. Nous avons des années de souvenirs à nous raconter. Son optimisme m'enchante. Elle décide de poursuivre ses études universitaires de botaniste à Nantes. Nous allons vivre ensemble !

Chaque jour qui se lève, je remercie Pierrot à qui je dois notre rencontre. Il a été le capitaine de ma vie. Même si je n'ai pas l'étoffe d'un grand navigateur, ni celle d'un chercheur de trésor, il m'a donné le courage de mettre mon message à la mer, de franchir les barrières de l'île et de choisir un métier contre l'avis de mon père.

Je regrette parfois de ne pas avoir gardé son télescope. Je pourrais rechercher l'étoile Mère et m'assurer que Pierrot est à ses côtés. J'aurais pu lui redire ma reconnaissance autrement qu'au travers d'une pierre tombale encore plus dure et impénétrable que son front.

Une sorte d'épine persiste cependant dans mon cœur, comme une blessure qui ne guérit pas : le regret de ne pas l'avoir aidé davantage à retrouver sa mère alors qu'il piétinait dans la solitude autour du fort, à la Pointe des Poulains. Un fort muet, recroquevillé sur ses secrets comme un hérisson.

Il méritait de connaître de son vivant la vé-rité sur son lien filial. Sa tâche de titan n'avait pas abouti, sans doute l'un de ses rares échecs. Est-ce pour me racheter que je me lance dans une quête insensée ? À chaque passage sur l'île, j'interroge au hasard des personnes âgées, depuis la Pointe des Poulains jusqu'à Sauzon et Bangor. Dans la rue, sur les mar-chés, à la sortie des magasins, je guette les toisons blanches. Je les interpelle aussi dans la cour ou le jardin de leurs maisons. Ma dé-marche est maladroite : elle inspire la mé-fiance. Le fort n'avait pas bonne réputation. Le passé de la comédienne a laissé une odeur de soufre. Et avec le temps, l'oubli des visiteurs mondains s'est répandu dans les mémoires. Aucun indice ne vient éclairer ma démarche et le découragement me gagne.

Pendant ce temps, le bonheur se construit peu à peu à Nantes. Après quatre mois de vie commune, Héloïse m'annonce en souriant : « Je suis enceinte. » La nouvelle me fait perdre pied. Nous ne sommes pas mariés et ses pa-rents rêvent pour elle d'un avenir plus ambi-tieux. Je suis un simple artisan du cuir, un bourrelier. J'ai besoin de temps pour faire mes preuves et montrer que je mérite leur con-fiance.

Je vais annoncer la nouvelle à ma famille et à Pierrot. Je maintiens sa tombe fleurie à chaque traversée. J'y trouve des coquilles d'œufs picorées par les oiseaux de mer, signe que Marie-Jeanne continue de prendre soin de lui.

La bruine ruisselle ce jour-là sur le cimetière. Elle lèche les tombes comme un chien assoiffé. J'aperçois une femme devant la pierre tombale, une inconnue en noir. Un foulard blanc protège sa chevelure brune.

« Bonjour », dis-je en arrivant à sa hauteur. Elle me dépasse d'une tête. Je fixe la plaque de marbre et les mots choisis par Pierrot. Nous restons silencieux côte à côte, dans nos pensées ou nos prières, en proie à l'humidité.

J'entends soudain sa voix rauque : « Vous devez être Joss. »

« Oui », dis-je.

L'inconnue répond aussitôt : « Il faut que je vous parle. »

Ses paroles nous rapprochent et me font du bien. Nous sommes restés un long moment encore dans le recueillement. J'entends sa respiration régulière. La pluie souille nos visages. Puis je crois percevoir un sanglot. La dame sort un mouchoir de son sac à main.

L'impatience me gagne. Je lui prends doucement le coude et je la guide vers la sortie. Son visage est redevenu sec et décidé. Je remarque l'expression grave d'une femme éprouvée par la vie et la peine. « Je m'appelle Cassandra. » dit-elle. « Je sais que Pierre vous a parlé de moi. »

Nous avons pris la direction de la ville. Au premier bar sur le port, nous choisissons une table à l'écart. Cassandra ôte son manteau et son foulard. Je découvre une belle femme aux formes généreuses, bien conservée, le front têtu et rebelle. Elle a des gestes lents et sûrs. Son regard noir perçant semble habitué à débusquer les désirs et les travers des hommes à force de les fréquenter.

Penchée sur son café crème, elle s'est mise à parler comme si nous nous connaissions depuis longtemps. « Pierrot était un homme généreux et compréhensif comme il en existe peu. » dit-elle. Aux regrets dans sa voix, je comprends qu'il lui manque sans doute autant qu'à moi, qu'elle a besoin d'en parler. Je l'écoute sans l'interrompre. Je garde le silence lorsqu'elle avale une gorgée : pause nécessaire. Elle me dit tout à coup : « Vous devez savoir qu'il souffrait de ne pas avoir connu ses parents, surtout sa mère. Il avait fini par trouver dans les astres une petite étoile qui lui ressemblait. » Elle avait eu alors un sourire moqueur. J'imagine qu'elle revoyait le géant de la longère aux allures de guerrier, emmêlé dans les cordages de ses sentiments et de ses faiblesses. « Il devenait triste et même coléreux certaines fois, lorsqu'il n'arrivait pas à retrouver l'étoile lointaine qu'il appelait Mère. Il se réfugiait alors dans l'alcool. »

Cassandra me regarde désormais fixement, comme si elle me jugeait et testait la confiance qu'elle pouvait avoir en moi. Elle continue, à voix basse, un aveu qui me coupe le souffle :

« On a retrouvé sa mère, la véritable. » La lueur de satisfaction dans ses yeux répand une onde de chaleur sur tout son visage détendu et m'atteint de plein fouet.

« J'avais écrit à plusieurs amies en Ile-de-France qui avaient comme moi arpenté les trottoirs de la Capitale, en leur expliquant la période et le contexte dans lequel sa mère avait disparu. Il y a de cela environ cinq ans. L'une d'elle, une ancienne, avait connu une dénommée Lola qui venait de Saint-Malo. Son fils lui avait été enlevé à la naissance. Elle pleurait chaque fois qu'elle en parlait. Mais elle restait discrète sur sa vie d'avant, à part quelques bribes par-ci par-là. Elle avait vécu deux ans sur une île bretonne, comme bonne à tout faire dans un milieu mondain, ballottée l'hiver entre plusieurs maisons bourgeoises. Un été, elle s'était laissé séduire par un artiste célèbre qui l'avait engrossée. Elle n'avait jamais dévoilé son identité. On l'avait chassée pour éviter le scandale. Lola avait alors accouché chez les sœurs qui l'hébergeaient à Saint-Malo. Privée de son gosse à la naissance, elle s'était enfuie du couvent pour venir à Paris. Comme beaucoup de filles perdues, elle s'était retrouvée à faire le tapin pour survivre. »

J'écoute avec une concentration qui me fait oublier les voix alentour, les bruits de verres et de bouteilles derrière le comptoir. Je n'entends pas le garçon de café demander si nous voulons autre chose.

Cassandra m'observe, émue par ma réaction. Elle a fait un signe au serveur qui s'éloigne.

« Malheureusement, lorsque la nouvelle nous est arrivée, ajoute Cassandra, Lola était déjà décédée. Elle s'était retirée dans une petite ville de banlieue où elle s'est éteinte dans la solitude. Au cimetière, ses cendres ont été éparpillées dans le jardin du souvenir. »

Ainsi, Pierrot savait depuis longtemps et ne m'avait rien dit. Peut-être avait-il honte de ce qu'était devenue sa mère. Il s'en voulait certainement de ne pas l'avoir retrouvée vivante. Il l'aurait protégée et soignée. Elle serait partie dans la dignité.

Je n'arrive plus à parler. Je remue la tête dans un mouvement instinctif de refus et d'impuissance. Cassandra me tend un mouchoir en papier. Nous avons beau être protégés de la pluie, je sens grandir une bruine intérieure et mes yeux laissent échapper un fin chapelet de perles.

38

Héloïse est une jeune femme fragile et dynamique, de caractère doux, à l'aise dans son rôle de future maman. Le moindre mouvement dans son ventre est pour nous un ravissement, une éclosion de vie. Une planète nouvelle tourne dans nos têtes. Nous attendons un garçon.

Trois mois avant l'accouchement, sa demande me surprend. Une promenade en bateau ! Elle a chargé Fortuné, le camarade d'enfance de Yannick, de retrouver le pêcheur qui avait mis le coffret à la mer avec le message de Joss, au moins dix ans plus tôt. Epuisé par son grand âge, l'homme rechigne, mais Héloïse insiste jusqu'à sa capitulation.

Ce matin de juin, par temps calme, le bateau de pêche qu'il avait cédé à son fils reprend la mer avec le vieux pêcheur résigné à la barre. Ses gestes sont hésitants. Mais ses moustaches frétillent et ses petits yeux mi-clos flambent de plaisir au retour des sensations de la haute mer. Il sourit à l'horizon pendant que nous filons plein ouest. L'étrave glisse avec aisance sur les vagues dociles qui se jettent contre elle par habitude.

Héloïse respire à plein poumons. La brise soulève sa longue chevelure légère. Elle se tient debout sur l'avant. Appuyée au bastingage, elle ferme les yeux et caresse son ventre, comme si elle invitait l'enfant à profiter de l'océan, un ventre encore plus nourrissant et imprévisible que le sien. La page bleue s'ouvre devant nous à l'infini, à peine froissée par la déchirure minuscule que laisse notre passage. La maman en devenir offre à sa progéniture des sensations nouvelles, son premier sentiment de liberté. L'initiative pourrait lui être profitable s'il lui prenait plus tard l'envie de naviguer.

Elle a demandé au pêcheur de rejoindre l'endroit où les courants descendent en trombe vers le sud. L'océan se fait plus rebelle, les vagues s'obscurcissent au loin. La main un peu tremblante, le vieil homme se tient sur ses gardes par crainte des ruades du bateau. Nous ne sommes plus qu'une piqûre insignifiante sur le dos d'un monstre. Je suis aussi inquiet. Le bateau tangue. Je n'ai pas le pied marin.

Héloïse semble sereine, la face épanouie. La lumière vivifiante du matin rebondit sur ses joues fraîches. Elle se penche sur son sac de plage, en sort une serviette puis une boîte qu'elle jette à la mer d'un geste ample.

J'ai eu le temps de reconnaître le coffret, celui que j'avais remis à Pierrot et qui avait vogué librement jusqu'à Hendaye, jusqu'à ses mains douces, celles qu'elle me tend maintenant, alors que je suis encore sous l'effet de surprise.

Le ton joyeux, elle me dit : « Le jour où j'ai trouvé ta pièce d'or, j'ai fait un vœu à la chapelle Sainte-Anne, un lieu de prière en l'honneur des marins hendayais. » J'étais suspendu à ses lèvres. « Je n'avais que douze ans, mais ma décision était prise. La valeur marchande d'une monnaie en or n'a vraiment pas d'importance pour moi. J'avais juré que si cette offrande de l'océan me portait bonheur, si je trouvais l'amour et si je fondais une famille, je remettrais la pièce à la mer pour qu'elle apporte du bonheur à une autre personne. »

Elle m'avait chuchoté tout cela à l'oreille, en me serrant fort dans ses bras. Le pêcheur n'avait pas entendu. Peut-être avait-il compris notre manège. Il esquisse un large sourire. Héloïse lui fait signe que l'on peut faire demi-tour désormais, une demande qui le soulage.

« Est-ce que tu as mis un message à l'intérieur ? » dis-je soudain. Elle éclate de rire et, tout en m'embrassant sur la joue, me dit ce qu'elle a écrit : « Si vous voulez remercier quelqu'un, déposez des fleurs sur la tombe de Pierre Le Foll, capitaine au long cours, au cimetière de Palais, Belle-Île-en-mer, France. »

Dans le bruit pétaradant du moteur, nous filons maintenant vers le port d'attache de Sauzon, un drapeau de couleurs sur la côte où la vie bat son plein à l'approche de midi. Cormorans, mouettes et goélands guettent leur pitance au retour des bateaux de pêche.

Pierrot m'avait dit un jour : « Les rêves ont des ailes. Il faut s'en saisir avant qu'ils ne s'envolent et nous échappent. » À la proue du bateau, nos cheveux au vent, je retiens Héloïse contre moi, de peur de la perdre. Grâce à elle, un rêve devient réalité.

J'imagine qu'au large les courants se renvoient déjà le coffret porteur d'or comme une balle magique. Ensemble, ils mettent le cap au sud et nous ne connaîtrons jamais leur destination finale.

Il nous reste à attendre patiemment la naissance de l'enfant que nous appellerons Pierre.

39

Les mois ont passé. Le ciel clair est toujours tendu comme une toile au-dessus du cimetière, avec de rares nuages retouchés à la spatule, sans changement puisque me voilà de nouveau au début de mon histoire.

Je viens d'enterrer mon père, emporté brutalement par un cancer. Le mal lui avait arrimé une ancre autour des poumons et l'avait entraîné en deux mois vers les profondeurs obscures. À cinquante-huit ans, il a sombré sans trop se plaindre, taiseux jusqu'à son dernier souffle. Trois jours avant, je lui avais appris la naissance de son petit-fils. Il m'avait fait promettre de m'occuper de ma mère et de la ferme.

Au seuil de mes vingt-cinq ans, dans mon nouveau costume de père et mes responsabilités élargies, j'ai laissé le cortège s'éloigner de sa tombe encore ouverte avant de lui redire à voix haute qu'il peut compter sur moi. À la fin, je ne sais plus si son départ est une douleur ou un soulagement, ou les deux à la fois.

Je suis allé consulter Pierrot, à une vingtaine de mètres plus loin. Voilà un an déjà que je fleuris sa tombe contre le mur. Dois-je me réjouir de leur voisinage ? Depuis l'accident de la fosse septique, mon père ne l'avait plus critiqué. Il ne l'avait jamais accepté non plus. Il feignait d'ignorer son existence.

C'est à ce moment précis que je me suis laissé traverser par une volée de souvenirs, depuis le perchoir lointain de mes treize à quatorze ans : des souvenirs revus et embellis sous mon regard d'adulte et passés au filtre du temps. Jusqu'à ma migration à Nantes qui m'a fait grandir, voilà l'essentiel de mon histoire, déroulée sous vos yeux bienveillants.

Alors que j'avance vers la sortie, j'émerge lentement de mon apnée dans les bas-fonds de la mémoire, accablé par la double peine. Je laisse derrière moi, entre ces murs sans barbelés, deux êtres chers que tout oppose et que rien d'autre que la mort ne réunira.

Quelqu'un m'interpelle et vient à ma rencontre jusqu'à l'entrée du cimetière : « Il faut que je te dise quelque chose. » Tijean sautille d'une jambe sur l'autre. Il se protège avec de grands gestes, avide de parler : « Tu sais, j'ai jamais voulu de mal à Pierrot. Ton père m'a forcé à faire des choses contre lui que je voulais pas. Et aussi à te surveiller, à le prévenir lorsque tu allais chez lui. »

Tijean me regarde, soulagé et honteux. Je pourrais lui dire que je lui pardonne, mais ses actes me paraissent dérisoires en comparaison de la mort qui nous prive de leur présence. Je lui fais un signe de tête et le serre contre moi. Il ajoute dans une grimace, étouffé sous mes bras : « Il m'a aussi envoyé sur le continent pour ramener un furet, à cause du poulailler qui le gênait. » J'ai alors envie de rire. Malgré le furet, les poules continuent de pondre et les œufs d'alimenter la tombe de Pierrot. Personne, par contre, n'a osé lui apporter une bonne bouteille de rhum arrangé et un verre, à l'image des fidèles du pirate La Buse au cimetière marin de Saint-Paul.

Ma mère, mon frère, proches et amis qui ont accompagné mon père à sa dernière demeure nous regardent avec étonnement. Je n'ai plus qu'un pas à faire pour quitter le cimetière, revenir dans le présent et laisser la vie battre hors des murs presque comme avant. Je monterai plus tard l'escalier de marbre jusqu'aux nues, lorsque mon heure viendra.

Autour d'un verre de vin blanc et des petits fours au retour des obsèques, les fidèles de Fanch semblent enfin se détendre.

Yannick est inquiet. Il me prend à part. « Je n'ai pas l'intention de revenir à la ferme », me dit-il. « On n'a pas les moyens de payer longtemps du personnel. Nos revenus ne suffisent pas, tu le sais bien. Qu'est-ce que tu comptes faire ? »

Je l'écoute avec attention. J'ai beaucoup d'estime et de respect pour mon frère. J'appelle Gwenaël occupé à se goinfrer de petits fours. Il a remis son chapeau de paille et s'approche, la mine réjouie. Le bras sur son épaule, je dis tout fort devant Yannick et les autres convives :

— Voilà notre sauveur. Gwenaël accepte de reprendre notre propriété en fermage. On va embaucher Louis à temps plein, acheter le terrain voisin à l'abandon et du matériel agricole neuf. Maman habitera la maison tant qu'elle le désirera et Louis pourra occuper ma chambre.

Tous les visages sont tournés vers moi, figés dans la surprise ou l'interrogation. Mon complice de toujours déploie une mine radieuse à l'ombre de son chapeau de paille. Il frotte ses mains rugueuses, l'allure décidée.

Ma mère est la première à réagir.

— Mais enfin, Joss, tu sais bien qu'on n'a pas d'argent !

Yannick approuve d'un hochement de tête.

Je souris et ajoute :

— Grâce à Pierrot, qui nous a quittés l'année dernière, on va pouvoir agrandir la ferme et en faire une laiterie moderne.

— Mais, réplique Yannick, maman t'a dit…

Gwenaël fronce les sourcils. Ma mère, inquiète, porte la main devant sa bouche.

— J'ai bien compris, dis-je. L'argent n'est pas un problème.

J'entends aussitôt des murmures parmi les convives. Quelqu'un clame tout fort :

— Sans argent, on fait rien.

Je ne relève pas. Je continue :

— Après des recherches de parenté qui n'ont rien donné, le notaire vient de clore la succession. Pierrot n'a pas d'héritier.

— Oh ! lâche ma mère dans un soulagement.

Je sors deux feuillets de ma poche.

— Une lettre de Pierre Le Foll, dis-je pendant que je déploie le papier devant mes yeux comme les ailes d'un papillon. Je connais par cœur le texte que je fais semblant de lire, sur un ton plus sévère :

— Il regrette de ne pas avoir été mieux accepté parmi les îliens.

Fortuné intervient sur un ton énervé.

— Il faisait pas de pêche. Il fréquentait personne.

— Il méritait mieux, dis-je. Il avait bon cœur. Enfin ! Pierrot a légué sa maison à une fondation religieuse et il me laisse sa bibliothèque.

Personne ne commente. Je vois des mines dépitées, malgré l'estime de la plupart d'entre eux pour l'Eglise. Yannick se mordille les ongles. Ma mère baisse la tête, résignée. Le silence est à son comble dans la salle. Des visages se détournent. J'agite alors la lettre : nouveau froissement de papillon dans l'air. Je souris :

— Pierrot est généreux. Avec sa lettre, il m'a laissé, dans un coffre de banque à Vannes, des économies suffisantes pour financer le projet que je viens d'annoncer.

— Ça alors ! réplique ma mère.

Des sourires de soulagement sur les faces des convives remplacent le tableau précédent.

Je m'appuie sur l'épaule de Gwenaël. Yannick lui donne une tape d'encouragement dans le dos. Ma mère vient l'embrasser. Il retire son chapeau, fait un salut d'artiste et lève son verre. Les discussions reprennent en apartés, avec du grain nouveau à moudre.

En public ce jour-là, je n'ai pas tout dit sur la lettre ni sur le contenu du coffre, respectueux de la mémoire de Pierrot et de nos conversations intimes. Il m'écrit aussi avoir retrouvé la piste de sa mère, grâce à Cassandra, et connaître le lieu où ses cendres ont été éparpillées : elle m'en dira plus de vive voix. Il me demande un dernier service : déposer des fleurs une fois par an à la mémoire de sa mère, au jardin du souvenir d'où elle s'est envolée vers les étoiles.

Dans le coffre à la banque, outre la lettre, j'ai trouvé deux boîtes et un sachet en tissu fermé par une ficelle, pareil à ceux dans lesquels on mettait nos billes d'enfants. Et dans la première boîte, en carton épais, la surprise est de taille : une dizaine de pièces d'or semblables à celles au pied de la falaise, sur mon lieu de pêche ! Puis une boîte vide en bois léger, identique au coffret voyageur qui avait apporté mon message à Héloïse et à celui découvert par le sans-abri à Saint-Malo.

C'est donc Pierrot qui distribuait les pièces d'or ! En connaisseur des caprices de l'océan, le philanthrope les déposait directement à l'emplacement choisi. En dépit de mon éton-

nement, je lui pardonne volontiers la super-
cherie drapée de bonnes intentions.

Dans sa lettre, il me demande de remettre
deux pièces d'or à chacune des personnes mé-
ritantes à ses yeux : Cassandra et Marie-
Jeanne, et de garder tout le reste.

40

Le week-end qui suit nous débarquons sur l'île avec Héloïse et notre enfant. Pierre respire pour la première fois l'air marin qui m'a servi de terreau. Yannick nous a rejoints. Ma mère est enthousiaste, ravie d'accueillir enfin son petit-fils et sa famille au complet. Le repas va faire revivre nos goûts d'enfants. Le gâteau au chocolat attend dans la cuisine. Les décisions pour agrandir la ferme patientent aussi.

— Asseyez-vous, dit-elle. On va passer à table.

Elle tient Pierre dans ses bras. J'enlève les fruits de la coupe en verre sur la table. Je défais le nœud du sachet trouvé dans le coffre de banque et déverse le contenu dans la coupe.

— Voici ce que Pierrot nous a laissé.

Ma mère se penche avec l'enfant sur les pierres blanches.

— Ça alors !

Yannick plonge la main et en puise deux au hasard, une grosse et une petite. Des reflets dansent au creux de sa paume.

— Il faut les faire expertiser, dit-il, le regard envieux.

Héloïse reste passive devant les pierres qui étincellent et lui rappellent les parures des bijoux. Pierre remue les bras, comme s'il approuvait.

— C'est fait, dis-je. Avec ces diamants, nous n'aurons plus de soucis d'argent. Je m'occupe de les vendre.

Un léger voile de déception glisse sur le visage de mon frère tandis qu'il remet les deux pierres à leur place.

— Et je vais financer un projet qui me tient à cœur : m'installer à mon compte et produire mes propres créations en cuir.

Ma mère embrasse sans retenue le petit-fils dont elle rêve depuis longtemps. Je lève la coupe de diamants comme pour porter un toast.

— Avec le don de mon ami Pierrot, on va sauver la ferme et permettre à maman de vivre dignement. C'est bien ce que voulait papa, non ?

Héloïse se tient silencieuse et stoïque, lumineuse de beauté. Un bijou à mes côtés ! Je l'embrasse sur le front.

On sourit tous à l'aubaine, à la chance de partager le bonheur d'être ensemble autour de la table familiale. Puis Yannick intervient :

— Il faut que je vous dise. Je vais me marier avec Aurélie. On vit ensemble depuis déjà quelques mois. Je vous la présenterai. Elle est infirmière libérale à Vannes.

On le félicite. Ma mère en claudique de joie. La famille va s'agrandir, combler le vide laissé par le maître de maison. Ce moment d'euphorie m'épargne toute explication sur l'origine des diamants et des pièces d'or.

Par souci de transparence et pour me délester de toute culpabilité, Pierrot m'explique dans sa lettre avoir sauvé un marin français tombé dans le port de Valparaiso après une beuverie. Ce flibustier avait trouvé un trésor dans les Caraïbes et passait son temps dans les bistrots et les tavernes à le dépenser. Il n'avait pas réussi à transformer sa fortune en alcool. Le bougre lui avait légué à son décès une partie de sa richesse.

L'envie me prend de partager au moins ma reconnaissance :

— J'ai le souvenir que Pierrot se contentait de peu. Sa vie avait longtemps tenu dans l'étroite cabine d'un navire puis dans une modeste masure entourée d'un lopin de terre. Un bouquet de pouces-pieds préparés en tartare suffisait à lui réchauffer le cœur. Alors, l'idée lui était venue de distribuer son héritage aux êtres méritants de son entourage et à ceux dans le besoin. C'est un honneur pour nous d'avoir côtoyé un tel homme !

Dans les bras de sa grand-mère, le petit Pierre répond par des pleurs. Peut-être s'agit-il, dans son langage balbutiant, d'une forme d'acquiescement, car sa vie commence sur les restes d'un trésor caché dans l'amitié, sur les marches fleuries d'une île où mes rêves ont poussé comme des herbes folles. L'enfant béni fera ses premiers pas avec des chaussures de cuir de ma confection, une vareuse tricotée par ma mère, redevenue maître de son destin, et un chapeau de paille offert par Gwenaël.

Si, comme moi, mon fils n'a pas le courage de faire le tour du monde en quête d'aventures ou d'un trésor oublié, il pourra toujours faire le tour des livres, de tout un monde imaginaire. La bibliothèque de Pierrot hissera pour lui autant de voiles qu'il y a de pages à tourner.

Héloïse a repris l'enfant dans ses bras et lui donne le sein. Il s'apaise, se remplit d'énergie. Je lui montrerai la longère qui sera transformée plus tard en chapelle, le fortin à la Pointe des Poulains qui deviendra musée. Je lui apprendrai comment libérer ses rêves endormis dans leur nichoir et à voler en escadrille à leurs côtés.

Il me revient le souvenir de notre échange épistolaire avec Héloïse, de nos lettres d'adolescents tombées dans l'oubli. J'étais resté dans un coin de sa tête, comme une graine oubliée qui continuait de croître en silence. Comme si elle devinait mes pensées, elle me sourit pendant que notre fils aspire à la source. Je pense alors au rôle d'aiguilleur de phare de Pierrot qui a guidé nos pas dans la nuit de la mémoire jusqu'à ce qu'ils se croisent. À ces souvenirs, quelques larmes de bonheur viennent flouter mon regard.

Héloïse n'avait pas pour principe de s'immiscer dans nos affaires de famille, ni de se mêler de nos choix pour sauver la ferme.

Tout en serrant Pierre contre sa poitrine, elle s'exprime soudain de sa voix fluette et douce, presque dans un soupir, le regard dans le vague :

— Nous devons garder l'espoir au fond du cœur. Il est davantage qu'une petite flamme. Il est le flambeau de notre vie. Et l'espoir brillera toujours plus fort que l'or et que le plus beau des diamants.

Imprimé par BoD (Books on Demand)
Norderstedt, Allemagne
Ouvrage au catalogue DILICOM, distribué par SODIS
Première impression en juillet 2020

.